PAUL LASCAUX

Schokoladenhölle

ZUCKERSÜSSER TOD Im Außengehege des Tierparks Dählhölzli wird ein toter Banker aufgefunden. Offensichtlich wurde er von den Wildschweinen übel zugerichtet, sein Herz fehlt. War es wirklich ein Unfall oder doch ein Hinweis auf einen Aztekenbrauch? Noch bevor der Vorfall geklärt werden kann, gibt es ein weiteres Todesopfer: Ein Zuckerbäcker stirbt in seiner Backstube, über seinen eignen Kreationen zusammengebrochen.

Die Polizeieinheit des Störfahnders Bernhard Spring findet keinen Anhaltspunkt. Die Detektei Müller & Himmel nimmt sich des Falles an. Es gilt, die Zusammenhänge zwischen den Vorfällen aufzudecken, bevor ein weiterer Mensch sein Leben lassen muss. Ausgerechnet ein Geschichtslehrer scheint der Schlüssel zu sein.

Paul Lascaux ist das Pseudonym des Schweizer Autors Paul Ott. Der studierte Germanist und Kunsthistoriker, geboren 1955, ist am Bodensee aufgewachsen und wohnt seit 1974 in Bern. In den letzten 30 Jahren hat er neben zahllosen journalistischen Arbeiten mehrere literarische Veröffentlichungen realisiert, vor allem Kriminalromane und kriminelle Geschichten. Auch als Herausgeber von Krimianthologien und Initiator des Schweizer Krimifestivals »Mordstage« hat er sich einen Namen gemacht. »Schokoladenhölle« ist der sechste Band seiner kulinarischen Krimiserie um die Detektei Müller & Himmel.

Bisherige Veröffentlichungen im Gmeiner-Verlag:
Mordswein (2011)
Gnadenbrot (2010)
Feuerwasser (2009)
Wursthimmel (2008)
Salztränen (2008)

PAUL LASCAUX

Schokoladen-hölle

Müllers sechster Fall

GMEINER Original

Personen und Handlung sind frei erfunden.
Ähnlichkeiten mit lebenden oder toten Personen
sind rein zufällig und nicht beabsichtigt.

Besuchen Sie uns im Internet:
www.gmeiner-verlag.de

Im Ehnried 5, 88605 Meßkirch
Telefon 07575/2095-0
info@gmeiner-verlag.de

2. Auflage 2013

Lektorat: Sven Lang
Herstellung: Julia Franze
Umschlaggestaltung: U.O.R.G. Lutz Eberle, Stuttgart
unter Verwendung eines Fotos von: © Sven Hoppe – Fotolia.com
Druck: GGP Media GmbH, Pößneck
Printed in Germany
ISBN 978-3-8392-1391-9

»Spielen ist Selbstzweck. Am zufriedensten ist nicht der Angler, der die meisten Fische fängt, sondern der, der das Angeln am meisten zu genießen weiß. Es ist das Wesen des Spiels, dass es sich nicht auf ein außerhalb seiner selbst liegendes Ziel richtet.«

John Gray: »Von Menschen und anderen Tieren. Abschied vom Humanismus«

Am Schluss dieses Textes finden Sie ein Personenverzeichnis sowie eine Übersicht über Müllers erste fünf Fälle.

MITTWOCH, 14.9.2011

Er war vom harten Schlag auf seinen Hinterkopf völlig überrascht. In stets weiterer Ferne hörte er die letzten Takte von ›She Needs Some Loving‹, ein klassischer Gitarrenblues mit Piano-Begleitung. 1969. Otis Spann mit Fleetwood Mac.

Dann nichts mehr.

Als er das Bewusstsein wiedererlangte, gab es über ihm keinen Himmel mehr. Es war dunkel und kalt. Vor Kurzem noch hatte er einen stechenden Schmerz verspürt. Nun war alles sinnlos und leer. Um ihn herum Stille. Selbst der Blues war verstummt. Nicht einmal sein Blut pochte in den Ohren.

Er nahm zwei dunkle Pupillen wahr, die sich seinem Gesicht näherten. Im letzten Augenblick erkannte er dic vollen Lippen, die einzelne Worte formten, die er nicht mehr verstand. Das Lächeln eines bittersüßen Erfolgs blieb als Letztes haften.

Dann schlug das Nichts über Dionys Brand zusammen.

DONNERSTAG, 15.9.2011

Es war ein Septembermorgen, wie es sich für einen Septembermorgen gehörte: Über dem Aaretal lagen Nebelschleier, die Berner Altstadt wandte sich der Sonne entgegen, nur die Brücken hoch über dem Fluss konnten sich nicht entscheiden, ob sie zur hellen oder zur dunklen Seite gehören wollten.

Im Nebel saß die Kühle der Nacht, es war feucht und düster. Man erkannte schemenhaft dunkle Gestalten, deren Tätigkeit auf einen unvoreingenommenen Beobachter nicht sehr koordiniert wirkten. Männer kämpften in der leichten Bise mit umgestülpten Rockschößen, die Brillen beschlugen im hektischen Atem, das Rauschen des Flusses übertönte den Straßenlärm. Man gewahrte uniformierte Polizeibeamte, die den Weg vor den Außengehegen des Tierparks Dählhölzli gegen die Aare hin vor neugierigen Blicken absperrten.

Es sah beinahe so aus, als beschützten sie die Wildschweine vor den lästigen Besuchermassen. Aber es wäre keine Erklärung dafür gewesen, weshalb alle Tiere von den Zoowärtern in den linken Teil des Doppelgeheges getrieben worden waren. Normalerweise ließ man einen Durchgang in der dazwischen liegenden Bretterwand frei. Möglich, dass die Sauen getrennt wurden, weil die Bachen Junge bekommen hatten. Heute staubten die Schweine aufgeregt zwischen Wassertümpeln und Steinhaufen hin und her, drängten immer wieder auf die Tür zur rechten Einfriedung und konnten nur mit Mühe zurückgehalten werden, sodass sogar die Wärter aufgaben, sich zurückzogen und das Loch mit Brettern verbarrikadierten.

Ein neutraler Beobachter hätte das Verhalten der Wildschweine damit erklärt, dass man ihnen das Futter weggenommen hatte. Ein weniger neutraler wie Bernhard Spring, Störfahnder der Police Bern, der mit seiner Truppe das Gehege übernommen hatte und gerade etwas einer Wildsau ähnelte, jedenfalls was die Sauberkeit seiner Kleidung betraf, ein derartiger Beobachter identifizierte das Schweinefutter als Überreste eines Menschen. Er erkannte einen Mann, eher an der Kleidung und an den Haaren als an dem, was die hungrigen Sauen übrig gelassen hatten. Wilde Tiere begannen, nachdem sie die Bauchhöhle geöffnet hatten, mit der Leber, jedenfalls so lange sie noch warm war, und fraßen die restlichen Innereien, bevor sie sich über das Muskelfleisch hermachten.

Wenn man davon ausging, dass das Leittier zuerst gefressen hatte und den Platz frei machte, als es gesättigt war, dann hatte eben die Übergabe des Kadavers an die Jungtiere stattgefunden. Das Gesicht des Opfers war zwar schon massiv angenagt, die Augäpfel fehlten, aber die Extremitäten waren dank der Kleidung noch verschont geblieben.

Bernhard Spring watete durch die Schlammpfütze neben dem gedeckten, aber auf den Seiten offenen Stall, in dem die Leiche lag. Über den Körper beugte sich der Rechtsmediziner, den der Störfahnder nicht kannte. Keine CSI-Prinzessin auf High Heels, sondern ein altbackener junger Mann ohne Eigenschaften.

»Dr. Augsburger«, stellte er sich vor. »Mein erster Fall. Ich habe mir einen sanfteren Einstieg in den Berufsalltag vorgestellt.«

»Was darf's denn sein?«, fragte Spring. »Ein Brückenspringer? Eine Leiche, die seit drei Monaten in ihrer Wohnung liegt? Jemand, der an einem heftigen Stromstoß gestorben ist? Oder einer aus einer Jauchegrube?«

»Einen ganz normalen Herzinfarkt hätten Sie nicht anzubieten?«

»Wir sind bei der Abteilung ›Leib und Leben‹, wir kümmern uns ausschließlich um unkonventionelle finale Lebensgestaltungen«, brummte der Störfahnder.

»Ist ja gut«, seufzte der Arzt. »Zwei, drei Stunden später hätten wir nur noch blank polierte Knochen gefunden. Gerade noch rechtzeitig vor Ort, könnte man sagen.«

»Unter ›rechtzeitig‹ stelle ich mir einen Augenblick vor dem unnatürlichen Tod vor.«

»Selbstverständlich«, entgegnete Augsburger. »Ich

meine nur, dass wir den Mann noch identifizieren können.«

»An die Presse geht ein Foto dieses Gesichts nicht mehr!«, verlangte Spring.

»Nein, aber in seinem Jackett steckt eine Brieftasche. Falls wir Ausweispapiere finden, können wir sie mit den Überresten vergleichen.«

»Ist er hier gestorben?«

»Schwierig zu sagen. Er ist wohl nicht freiwillig ins Wildschweingehege gestiegen, um sich auffressen zu lassen. Das wäre zwar ein origineller Selbstmord, stimmt nur leider nicht mit der Fundsituation überein.«

»Todeszeitpunkt?«, fragte Spring laut, und innerlich stöhnte er auf, weil er es mit einem Komiker zu tun hatte.

»Das eben ist nicht so einfach, weil neben Leber und Niere auch das Herz fehlt. Kommen Sie bitte mit.«

Augsburger trat aus dem niedrigen Stall und stakste über morsches Holz und glitschige Steine, bis er kurz vor der Brüstung, die mit einem Elektrozaun gesichert war, stehen blieb. »Hier haben wir die erste Spur. Sehen Sie die Blutflecken? Zum Glück kein Regen, sonst wären sie weggewaschen. Der Mann hat einen Schlag auf den Hinterkopf bekommen, vielleicht ist er auf einen Stein gefallen. Ob er einen Schädelbruch erlitten hat, weiß ich erst nach der Obduktion. Allerdings erkennt man einen Bluterguss, der nicht nur lagebedingt ist. Er hat also noch eine Zeit lang gelebt. Das war vor etwa sechs bis acht Stunden.«

»Jetzt ist es sieben Uhr morgens.« Spring fröstelte. »Das heißt, er ist um Mitternacht gestorben?«

»Ungefähr.«

»Dann haben sich die Schweine viel Zeit gelassen.«

Der Rechtsmediziner erschrak. »Das ist richtig. Wenn die Tiere nicht erst gegen sechs Uhr in diese Hälfte des Pferchs gelassen wurden, hat man das Opfer hierher gebracht.«

»Falls er auf einen Stein gefallen ist und sich am Hinterkopf verletzt hat, hätte er von der schmalen Mauer rücklings in den Graben stürzen müssen.«

»Von jemandem gestoßen?«, fragte Augsburger.

»Und wenn er sich über die Mauer gebeugt hat? Vielleicht hat er etwas gesucht, und jemand hat ihn von hinten am Kopf getroffen, sodass er nach vorn gestürzt ist.«

Spring rief seine Kollegin Pascale Meyer zu sich und gab ihr in Auftrag, den Morast gründlich abzusuchen. »Auch nach kleinen Stücken wie Schmuck, Ohrringe oder so.«

»Soll ich einen Goldwäscher holen, damit er den Schlick säubert?«, maulte sie.

»Mach, was du willst«, entgegnete der Störfahnder, »aber bring mir Ergebnisse!« Dann wandte er sich wieder dem Arzt zu.

»Wenn jemand mit einem Stein zugeschlagen und

ihn dann ins Gehege geworfen hat, haben wir ein Problem«, sagte Augsburger.

Der Nebel hatte sich inzwischen so weit gesenkt, dass man die darüber liegende Sonne bereits ahnte. Dafür war er dermaßen gesättigt, dass Springs Haare nass waren wie nach einem kurzen Regenguss.

»Es gibt zwar viele Trampelspuren der aufgeregten Tiere«, fuhr der Rechtsmediziner fort. »Man erkennt aber immer noch den Beginn einer Schleifspur.«

»Nur keine Schuhabdrücke«, sagte der Polizist.

»Das bedeutet, die Schweine haben den Mann in den Stall gezerrt, um ihn dort zu fressen?«, fragte Pascale.

»Intelligente Tiere«, erläuterte der Arzt. »Dort macht ihnen keiner die Beute streitig. An den stärker werdenden Blutspuren erkennt man die Richtung, in die das Opfer bewegt worden ist.«

»Er hat also noch gelebt«, stellte Bernhard Spring fest.

»Ja, aber nicht mehr lange«, sagte Augsburger.

»Das bringt die Theorie eines Todes um Mitternacht ins Wanken«, meinte der Fahnder. »Wodurch könnte der Fehler entstanden sein?«

»Wenn es denn ein Fehler war. Wir müssen den Wärter fragen. Falls der Keiler allein auf dieser Seite des Zauns nächtigt, könnte er das Opfer in den Stall geschleppt, es zerbissen und somit endgültig getötet haben.«

»Dann schlingt er, bis er genug hat«, ergänzte Pascale. »Und die Jungtiere kommen erst am Morgen ans Futter.«

»Kann ja sein, dass sie das Fressen in der Nacht nicht gewohnt sind.« Spring zuckte die Schultern. »Brauchen Sie die Organe, welche die Schweine verschlungen haben?«

»Für die Autopsie bedeutungslos«, erwiderte der Arzt. »Lassen Sie die Tiere leben.«

»Kommt mir nicht in den Sinn, einen Zoo zu dezimieren, weil einer ins Gehege gefallen ist«, ärgerte sich Spring. »Ich dachte eher an einen natürlichen Vorgang.«

Augsburger musterte ihn erstaunt. »Noch etwas«, sagte er dann. »In der Bauchdecke konnte ich Anfang und Ende eines tiefen Schnitts feststellen. Ein scharfes Messer!«

»Wie tief?«, fragte Spring misstrauisch.

»Er hat die Aorta durchtrennt. Vielleicht hat jemand versucht, das Herz rauszuschneiden.«

»Ist es gelungen?«, fragte Pascale.

»Kann ich nicht sagen«, bedauerte der Rechtsmediziner. »Es fehlt. Es befindet sich entweder in einem Schweinemagen oder beim Mörder.«

»Das kann aber erst nach dem Schlag auf den Kopf und dem Sturz in den Graben erfolgt sein. Eben haben wir festgestellt, dass der Mann geblutet, also noch gelebt hat. Außerdem fehlen Schuhspuren.«

»Falls der Täter barfuß oder nicht allzu schwer war und sich hauptsächlich auf den Steinen bewegt hat, haben wir keine Chance, welche zu finden«, erklärte Augsburger. »Es ist nicht dasselbe, wenn der Mörder das Opfer in den Stall gezerrt hat. Dann hätte er das doppelte Gewicht ziehen müssen, und die Abdrücke wären tiefer in den Kies eingedrungen.«

»Etwas gefunden?«, fragte Spring, als ein Kollege der Spurensicherung auf ihn zutrat.

»Wie man's nimmt«, antwortete dieser und streckte ihm ein Stückchen Karton entgegen, mit einem Edelweiß drauf. »Sieht aus wie eine Schokoladenverpackung. Ich komme bloß nicht drauf, welche es ist.«

Der Störfahnder packte es zu den andern Beweismitteln und meinte: »Das kann irgendein Tourist runtergeworfen haben, um die Wildscheine zu ärgern.«

»Es hat in der Jackentasche gesteckt, als ob unser Opfer ein Stück davon abgerissen hätte, als er eine Tafel herauszog. Es erinnert mich an meine Kindheit. Ich weiß gar nicht, ob es die Sorte noch gibt.«

»Nimm es mit ins Labor«, seufzte Spring.

Ein erster Sonnenstrahl warf sein diesiges Licht auf die Stätte des Grauens. Die Szene mit den Frauen und Männern in Schwarz erinnerte an einen Film noir aus den späten Fünfzigern.

FREITAG, 16.9.2011

Baron Biber rekelte sich an einem sonnigen Plätzchen im Garten, unter einer wild gewachsenen Palme, die den kalten Winter wundersamerweise überstanden hatte. Der Schattenwurf eines Fächers glitt mit der Sonnenbahn über den Kater, der in seinem 15. Lebensjahr in Erinnerungen schwelgte, mit halb geschlossenen Augen regelmäßig aufseufzte und sich nur kurz streckte, wenn sich Mathilda anschickte, ihn aus ihrem Versteck heraus anzuspringen.

Momo, ein fluffiger Jungkater mit Babybonus, hauptsächlich damit beschäftigt, sein schwarz-grau getigertes Langhaarfell wachsen zu lassen und die älteren Katzen zu ärgern, schlich zwischen den beiden zur Treppe der Veranda. Er fände in der Küche bestimmt etwas zu fressen, was ihm besser schmeckte als das Trockenfutter im eigenen Heim. Denn so eine quirlige Katze ist für vieles verantwortlich in einem Haus, zum Beispiel für das Überprüfen der statischen Eigenschaften der Wohnungseinrichtung. Und das macht hungrig.

Während die Katzen ihre Reviere im Garten eifersüchtig überwachten, tummelten sich Heinrich Müller und Louise Wyss in einem andern abgesteckten Gelände. F. K. Swiss begleitete sie auf einem Rundgang durch eine Märchenwelt, die er mit seinen Freunden in wochenlanger Arbeit im Theatersaal des Restaurants Jardin geschaffen hatte.

Ätherisches Licht blaute den üblicherweise nüchternen Saal ein, Farbe aus dem Innern einer Eishöhle. Es kam von nirgendwo und überall, nur von der Empore herunter leuchtete ein zunehmend helleres Gelb wie das der aufgehenden Sonne am Morgenhimmel.

»Steigen wir zuerst hoch«, sagte Swiss, nachdem er seinen bei der Begrüßung gelüfteten Zylinder wieder auf dem Kopf festgemacht hatte. »Verschaffen wir uns einen Überblick.«

›I fall down on my knees, every Sunday, at Zerelda Lee's candy store‹, quäkte wie ein Marktschreier aus versteckten Lautsprechern Tom Waits durch ein abgedämpftes Megafon. ›Well it's got to be a chocolate Jesus!‹ Und er krächzte hinterher: ›The immaculate confection …‹

Oben fanden die drei, umlaufend auf der Galerie, eine Ausstellung einiger auf den ersten Blick filigraner Bilder, jedes einzelne von einem Oberlicht bestrahlt. Beim Nähertreten erkannten sie eine Sammlung edelster Schokoladenverpackungen, von eleganten Kunstwerken neuesten Designs in der Zeit rückwärts bis zu silbergrauen Einwickelpapieren aus den Anfängen. Daneben hingen Sammelbildchen, bunt eingefärbt, mit den verschiedensten Motiven.

Beliebt waren die briefmarkenähnlichen Sujets der Firmen Cailler, Kohler, Peter und Nestlé: exotische Tiere, Schiffe, Trachten, Hunderassen, Vogelnester oder gar Pilze.

»In der Frühzeit des 20. Jahrhunderts wurde Schokolade oft über Automaten vertrieben und an Bahnhöfen und anderen stark frequentierten Orten verkauft. Da dienten die Sammelbildchen der Kundenbindung«, erklärte Swiss. »Denn die Verpackung war mitentscheidend für den Erfolg einer Marke, genau wie die Plakate, die wir unten aufgehängt haben.«

»Wieso das?«, erkundigte sich Louise, die nicht verstehen konnte, dass man sich Mühe geben musste, um diese Köstlichkeiten unter die Leute zu bringen.

»Schokolade war das erste Nahrungsmittel, das der Mensch nicht zum Überleben, sondern ausschließlich zu seinem Genuss verzehrte. Deshalb musste dafür ein Markt geschaffen werden. Insofern war die Schokolade nicht nur ein Produkt der Lebensmittelkunst, sondern hat auch einen wesentlichen Anteil an der Entwicklung der Grafik- und Werbeindustrie in ihren Pionierjahren.«

Louise war besonders fasziniert von den pastellfarbenen Zeichnungen auf dem Einwickelpapier der Swiss Chocolatiers, hinter denen sich die Emmentaler Backwaren aus Biglen verbargen. Auf dem elfenbeinernen Grund deutete nur ein dunkelbrauner Ausriss auf Schokolade hin. Das Zentrum der Botschaft beanspruchten die Inhaltstoffe, Malven-, Linden- und Hibiskusblüten, Zimtstangen, eine aufgeschnittene Orange, Hagebutten oder Sonnenblumen.

Während die drei wieder nach unten stiegen, immer voran der hüpfende Zylinder auf F. K. Swiss' Kopf, wechselte das Licht, als ob die Sonnenscheibe stündlich einen Tagesgang zurücklegen würde. Sie standen vor einer Anzahl Sperrholzboxen, jeweils containergroß, außen bemalt wie eine angebissene Reihe Tafelschokolade. Als Orientierungshilfe diente eine rote Leuchtspur auf dem Boden. Die Ausstellung begann in der ersten Box mit Videosequenzen über Anbau, Veredelung und Handel von Kakao, gedreht im Auftrag der Blackbox-Filmproduktion von Sabina Schneiter, die sich eben erst vom Fiasko der Neuverfilmung der Burgunderkriege erholt hatte.

In der zweiten Schachtel hingen Schokoladenplätzchen und -tafeln in allen möglichen Formen an Silberschnüren von der Decke. Louise begeisterte sich für eine Platte mit Löchern in der Form eines Emmentaler Käses.

»Das ist der Inhalt der Verpackung, die dir bereits dort oben aufgefallen ist«, sagte Swiss.

»Schmeckt sie auch so gut, wie sie aussieht?«, wollte die neue Leiterin von Bauch & Kopf wissen, der Bar, Galerie und Weinhandlung, die in den Räumlichkeiten von Heinrich Müller auch die Detektei Müller & Himmel beherbergte.

»Ich mag die zarten Düfte«, sagte der Künstler, »am liebsten die von der Milchschokolade.«

»Geht mir genauso«, seufzte Louise.

Dann folgte eine Installation von Liliane Zurbuchen, die für einmal die zarte Seite ihres Wesens wirken ließ. In frei im Raum schwebenden Seifenblasenstrukturen erzählte sie die Geschichte der Schokolade. Darauf lernte man die Geheimnisse ihrer Herstellung hinter den Türchen eines herbstlichen, verfrühten Adventskalenders kennen.

Ganz aus der Reihe tanzte unter einem matterhornförmigen Gebilde der Pavillon, in dem über Aufstieg und Niedergang der Schokoladenindustrie in Bern berichtet wurde. Er ahmte die Toblerone nach, die bekannteste und die letzte in der Stadt produzierte Spezialität. 1868 gründete ein Appenzeller namens Johann Jakob Tobler in Bern sein erstes Süßwarengeschäft, dem 1898 die ›Fabrique de Chocolat Berne, Tobler & Cie.‹ folgte. 1908 wurde die Toblerone entwickelt, die Honig-Mandel-Nougat-Milchschokolade, deren süßlicher Geruch Müllers Studentenjahre prägte, denn er wohnte jahrelang in der Nähe der Fabrik.

Rodolphe Lindt wiederum war in Bern geboren und gründete seine Manufaktur 1879 im Mattequartier an der Aare. Im Dezember desselben Jahres gelang ihm mit der Erfindung der Conchiermaschine eine deutliche Qualitätsverbesserung der Milchschokolade. 20 Jahre später allerdings wechselten Firma und Patente an die

Chocolat Sprüngli, und die Berner Fabrik wurde 1905 liquidiert.

Camille Bloch, ein weiterer Berner, ließ sich von der Chocolat Tobler zum Schokoladehändler ausbilden und gründete 1929 in Bern seine eigene Fabrik, die allerdings bereits 1935 ins bernjurassische Courtelary abwanderte, wo 1942 in Zeiten des Kakaomangels eine Spezialität mit Haselnussmasse erfunden wurde: der Schokoriegel namens ›Ragusa‹. Und schließlich gab es noch die Wander AG, Erfinderin der Ovomaltine, ebenfalls im Markt mit Trinkschokolade, die nach Neuenegg ausgelagert worden war. Seit 1931 existiert eine Confiserie Gysi, die sich in Bern-Bümpliz zu einem Spezialitätenschokohersteller mauserte und Pralinen und Likörstängeli produzierte. Und die Confiserie Tschirren war mit ihren Anlagen nach Belp gezogen und brillierte mit feinen Truffes.

Endlich begann der Teil, auf den sie alle ungeduldig gewartet hatten: die Degustation. Drei hintereinandergekoppelte Boxen waren dazu ausersehen. Man begab sich in einen Käfig hinein, war hinter Maschendrahtzaun eingesperrt wie eine Ratte im Tierversuchslabor. Auf Augenhöhe waren mehrere Tasten in die Wand eingepasst. Über der Taste wartete ein Bildschirm auf seinen Einsatz. Je nachdem, welchen Knopf man drückte, welche Reihenfolge man erwischte, öffnete sich ein Fensterchen, spie ein Täfelchen Schokolade aus, verströmte einen mehr oder weniger betörenden

Duft, gab eine Kapsel mit Aroma frei oder warf ein zusammengeknülltes Stanniolpapier auf den Betrachter. Das galt als Ende des Abenteuers. Wer das eine oder andere Stück der Köstlichkeit erwischt hatte, durfte sich glücklich schätzen. Ansonsten ging das Spiel in der nächsten Kabine von vorn los.

Auf der Bühne im vorderen Teil des Lokals verdeckte ein halb zugezogener Vorhang ein stählernes Ungetüm.

»Meine Conchiermaschine«, sagte F. K. Swiss stolz und zeigte auf das Gerät aus den Anfängen des 20. Jahrhunderts. Von unten sah man nur den muschelförmigen Unterbau, in dem früher die Masse aus Kakaobutter, Zucker und Milchpulver bis zu drei Tage lang von einer mühlsteingroßen Walze erwärmt und in immer feinere Teilchen zertrümmert worden war.

»Erst durch diesen Vorgang, das Conchieren, erhält die Schokolade den einzigartigen Schmelz.«

»Ich wünsche mir so eine Maschine zu Weihnachten«, bettelte Louise.

Inzwischen waren sie zum Gerät hochgestiegen. Louise zeigte verdattert auf die Reibe. Innen rotierte keine Walze, sondern acht an einer Achse befestigte Schuhe stampften rhythmisch durch den Trog. In einer Schale neben dem Apparat lagen Murmeln, von denen Swiss einige in die Hand nahm. Er gab Heinrich und Louise je eine davon. Aufgemalt waren die Köpfe bekannter Politiker.

Swiss warf die Murmeln in den Bottich. Fasziniert beobachteten die drei, wie die Bilder der Promis langsam von den sich drehenden Schuhen zerstampft und endlich sorgfältig zermahlen wurden, bis sie zu glitzerndem Staub zerfielen, der sich mit dem vielen Staub mischte, der bereits den Boden bedeckte.

»Eine Politikerreibe«, staunte Louise.

»Hier werden die Gedanken pulverisiert und vermischt. Am Ende der Ausstellung gießen wir sie in Plastiksprengstoff ein und bringen sie auf dem Bundesplatz zur Explosion.«

»Sprengstoff vor dem Bundeshaus? Wie viele Jahre stehen darauf?«, wunderte sich Heinrich Müller.

In diese Fragestellung hinein quäkte das Handy des Detektivs.

»Stell den Frosch ab«, reagierte Louise unwirsch.

Heinrich jedoch lauschte dem Redefluss, den er nur selten unterbrach. »Ob ich mich mit Wildschweinen auskenne?« Er zwinkerte Louise zu. Dann wurde er bleich. Seine Augenbrauen zuckten. Die Lippen wurden schmal.

»Was ist denn los?«, wollte Louise wissen.

»Ein Toter im Tierpark«, sagte Müller, nachdem er das Handy zugeklappt hatte.

»Mord?«, fragte F. K. Swiss.

»Sieht danach aus.«

SAMSTAG, 17.9.2011

Eben hatte eine milchige Sonne geschienen, nun braute sich schon wieder das nächste Gewitter zusammen.

»Schlecht fürs Geschäft«, sagte Louise Wyss und räumte die Tische unter der Pergola ab, die zum Bauch & Kopf gehörten.

Dann stieg sie in den ersten Stock, wo sie die Wohnung von Leonie Kaltenrieder übernommen hatte, schüttelte die ersten Regentropfen aus ihren dunklen, schulterlangen Haaren, zog mit dem Lippenstift einen Erdbeermund und begab sich anschließend eine Etage höher, wo sie Heinrich antraf, der am Computer etwas recherchierte.

Louise lächelte und fragte: »Wie kommst du denn so allein zurecht?«

»Es fehlt halt jemand, der mir die Pickel ausdrückt«, brummte Müller, während sich Louise auf das Sofa setzte. »Und jemand, den ich am ganzen Körper massieren kann … und für den Sex dazwischen fehlt eindeutig eine Frau.«

»Besonders aktiv bist du aber nicht, um diesen Zustand zu ändern«, stellte das Ex-Bauernkalender-Model fest.

»Aufwand und Ertrag«, seufzte Müller. »Es folgt alles wirtschaftlichen Grundsätzen. In meinem Alter fängst du an zu rechnen.«

»Das Ein-Personen-Caquelon kannst du auch nicht mehr brauchen mit dem neuen Induktionsherd«, bemerkte sie bedauernd.

»Ich könnte das Fondue, das ich in der beschichteten Bratpfanne zubereite, in den Topf umschütten, statt auf eine Brotscheibe zu gießen, es bliebe auf dem Feuer länger warm, ich könnte gemütlicher essen. Aber dazu bin ich zu faul. Esse ich eben Käseschnitten mit Fonduegeschmack.«

»Scheint, du hast dir das Leben als Single endgültig eingerichtet«, sagte Louise.

»Möchtest du denn etwas daran ändern?«

»Ich wäre nicht abgeneigt.«

Heinrich war sprachlos.

Louises enger schwarzer Rock war über den Oberschenkeln hochgerutscht. Sie zog mit dem Zeigefinger ihre Locken glatt, als ob sie die schlechte Laune im Raum ausfächern wollte. Mit einem heftigen Ruck setzte sie sich schräg aufs Polster und schlug die Beine übereinander.

Einen winzigen Augenblick lang sah Heinrich die entblößte Innenseite ihres linken Schenkels. Auf der hellen Haut drohte ein tätowierter schwarz-roter Skorpion mit seinem Stachel. Er verliebte sich sofort in ihn.

Für die Fonduetafel in der Bar waren sie dann alle zugegen. Louise Wyss hatte Freunde und Bekannte zusammengetrommelt, und einzelne Nachmittagsgäste waren hängen geblieben. Sie stachen mit ihren Gabeln Brot in die Käsemasse und stritten um das Quantum Kirsch, das zugegeben werden musste: Am ersten Tisch aßen Heinrich Müller und Nicole Himmel von der gleichnamigen Detektei, der Störfahnder Bernhard Spring und seine Assistentin Pascale Meyer sowie ihr Freund Cäsar Schauinsland, Andreas Bohnenblust und Ruth Huber von der Bäckerei, die das Brot geliefert hatte. F. K. Swiss besetzte mit ein paar seiner Kolleginnen und Kollegen und einigen Models des Bauernkalenders den langen Mitteltisch. Eine Annika Imhasly, die sich vorstellte, aber die niemand kannte oder beachtete, begnügte sich mit dem Katzentisch, an dem seit dem frühen Nachmittag die Drei Grazien Melinda Käsbleich, Phoebe Helbling und Gwendolin Rauch lärmten.

Zwischen den Künstlern stand eine schwarze Schachtel, eine ›Truhe des Vergessens‹, in die all die alten Geschichten gestopft werden sollten, welche die Menschen von der Zukunft fernhielten und ihnen das Wünschen unmöglich machten. Eine alte Schallplatte drehte auf einem ebenso alten, wackligen Gerät in der Ecke. Louise hatte den Plattenspieler aus ihrem Fundus und spielte ein Lied von Kevin Ayers, das er 1974 auf dem hübsch betitelten Album ›The Confessions of Dr. Dream and Other Stories‹ zum besten gab. ›It begins with a blessing, but it ends with a curse, making life easy, but making it worse …‹ Ein Harmonium dröselte vor sich hin, bevor Schlagzeug und Gitarre zusammen mit einer schreienden Stimme forderten: ›Get out of my dreams!‹

»Du bist doch nicht wegen dem Fondue hier«, behauptete Gwendolin, während die sich fast die Zunge an einem Bissen Käse verbrannte, und forderte Bernhard Spring heraus: »Erzähl vom Mord im Wildschweingehege!«

»Etwas, was wir noch nicht wissen«, verlangte Phoebe und schüttelte ihre langen Locken.

»Bloß nicht«, feixte Melinda Käsbleich, die fürchtete, das Fondue liege dafür zu schwer im Magen.

»Ist es wahr, dass der Mörder seinem Opfer das Herz herausgeschnitten hat?«, wollte Gwendolin ungerührt wissen.

»Mädchen, woraus schließt du denn so was?«, fragte Annika Imhasly entsetzt.

»Erstens bin ich kein Mädchen«, entgegnete sie schnippisch, »zweitens sind wir nicht per Du, und drittens weiß ich, was ich weiß.«

»Das tönt ja, wie wenn Sie dabei gewesen wären«, fuhr Annika mit etwas mehr Distanz fort.

»Jetzt haben Sie Ihr Brot verloren«, konstatierte Melinda kühl. »Sie zahlen die nächste Runde!«

»Wenn Sie damit meinen, dass ich beim Mord anwesend war, liegen Sie falsch. Wenn Sie auf meine gespitzten Ohren anspielen, wenn ein gewisser Detektiv mit einer Bardame einen Fall bespricht …

Prost!« Sie hob ihr Glas in Richtung Louise, die verunsichert im Raum stand, und stieß dann mit Annika an. »Jetzt sind wir per Du. Was machst du eigentlich im Bauch & Kopf? Ich seh dich zum ersten Mal hier.«

»Vielleicht war ich früher schon mal da«, sagte die Angesprochene vorsichtig.

»Unwahrscheinlich. Wir wüssten davon«, behauptete Melinda und schaute sie aus ihren kühlen grünen Augen an.

»Ich suche Partner für meine Geschäfte«, sagte Frau Imhasly unbestimmt.

»Was für Geschäfte sollen das sein?«, bohrte Melinda.

»Ich mach was mit Werbung«, sagte Annika.

»Models und so?«, fragte Phoebe interessiert und setzte sich ein wenig in Szene.

»Wär möglich.«

»Zur Sache«, verlangte Gwendolin. »Wie ist das mit dem Herzen?«

Der Störfahnder kannte die drei jungen Damen und ging kurz auf das Spiel ein. »Wenn es so wäre, wie lautet eure Deutung?«

»Das wollten wir eigentlich von dir hören«, maulte Gwendolin.

»Ihr habt euch bestimmt den ganzen Nachmittag darüber unterhalten und viel mehr Zeit gehabt als wir, Theorien zu entwickeln«, gab Bernhard zurück.

»Da hast du auch wieder recht«, meinte Phoebe. »Es handelt sich bestimmt um einen Ritualmord.« Sie redete sich in Eifer. »Die Azteken haben zu Ehren ihres Kriegsgottes Huitzilopochtli Menschen geopfert, ihnen durch einen Schnitt unterhalb der Brust den Brustkorb geöffnet und das noch schlagende Herz herausgenommen.«

»Wikipedia sei dank«, stöhnte Nicole auf.

»Das war vor 500 Jahren«, sagte Spring.

Und Heinrich doppelte nach: »Es gibt nicht so viele Azteken in Bern.«

»Dann eben nicht. Wenn ihr unsere Hilfe nicht braucht …«, erklärte Gwendolin beleidigt und leerte das Weißweinglas in einem Zug.

Mit einer versöhnlichen Geste verteilte Louise an jeden Tisch eine Schachtel ›Larmes d'Edelweiß‹, mit Edelweißlikör gefüllte Milchschokoladetäfelchen, darauf gedruckt das historische Emblem der Firma Villars, in dem die Buchstaben in Form einer Kuh angeordnet waren.

»Du hast sie gefunden!« Der Störfahnder strahlte.

Tatsächlich waren unten rechts zwei Edelweißblüten gemalt, fingernagelgroß die eine, im Umfang einer kleinen Münze die andere. Weiße Blütenblätter und fünf gelbe Blütenstängel.

»Das muss dieselbe sein wie diejenige, welche in der Jacke des Opfers liegen geblieben ist. Das Graue, das man auf dem Kartonstückchen nicht erkennen konnte, ist der Boden dieses Likörglases«, sagte Pascale.

»Eigentlich ist es gar keine Blüte, die weißen filzigen Teile nennt man Hochblätter«, erklärte Nicole.

Und Melinda, die bereits mit ihrem iPad zugange war, las vor: »Früher wurde es als Heilkraut, mit Milch und Honig gekocht, gegen Bauchschmerzen verwendet. Auch als Liebeszauber!«, schloss sie mit einer gewissen Verblüffung. »Wie das wohl geht?«

»Es hilft uns aber nicht wirklich weiter«, seufzte Spring.

»Es sei denn, der Käufer ist irgendwo bekannt, denn diese Tränen sind nicht gerade billig.«

»Wenn sie der Tote selber gekauft hat, nützt uns das wenig«, sagte der Polizist, und zu den Leuten in der Bar: »Wir ziehen uns jetzt in die Detektei zurück.«

Kevin Ayers betörende Stimme hauchte: ›May I … sit and stare at you … for a while?‹

»Die Schokolade habt ihr also gefunden«, bestätigte Spring, als sie unter sich waren.

»Louise hat mich auf das Edelweiß aufmerksam gemacht«, erklärte Heinrich.

»Louise …« Nicole atmete hörbar aus. »Ergänzt sie nun unser Team?«

Alle schauten sie perplex an, keinem war die verborgene Eifersucht bewusst gewesen, derart nüchtern hatte sich Nicole aus allen Liebesangelegenheiten ihres Partners bisher herausgehalten.

»Bauernkalender!«, schob sie schnippisch nach.

»Jedenfalls hat sie ein Gespür für Schokolade«, gab Bernhard zu bedenken, »und ein Auge für Wichtiges.«

»Wie war's bei den Wildsauen?«, lenkte Müller ab.

»Grau in grau«, sagte Pascale. »Ich kann mich nur an diese eine Farbe erinnern. Der Boden steingrau, die Schweine filzgrau, der Nebel blaugrau, mein Chef übernächtiggrau …«

»Wieso halten wir eigentlich diese Sitzung ab, und dazu am Samstagabend?«, wollte Nicole Himmel wissen. »So viel mir bekannt ist, hat die Detektei Müller & Himmel keinen Auftrag von der Versicherung erhalten, in dieser Sache tätig zu werden.«

»Wird bestimmt kommen«, besänftigte der Störfahnder. »Vorerst halten wir euch auf dem Laufenden. Unsere Personaldecke ist immer noch dünn, und man weiß nie, wann wir auf eure Dienste zählen müssen.«

Aus dem Parterre dröhnte Tom Waits' ›Sea of Love‹. Obschon die Worte unverständlich waren, bedrückte die schwermütige Stimmung des Songs.

»Kommen wir zur Sache«, sagte Bernhard Spring. »Wir haben die Identität des Toten geklärt. Es handelt sich um einen Dionys Brand, 44-jährig, Investmentbanker bei der SCBI, der Swiss Credit Bank International. Sagt uns bisher gar nichts.«

»Die Tierwärter haben wir inzwischen ebenfalls befragt. Bernhards Intuition war ziemlich gut. Die trennen den Keiler nachts vor allem von den Frischlingen. Also war der arme Kerl allein im Gehege. Außerdem war er gut gefüttert, sodass er keinen akuten Hunger hatte. Er konnte also ein paar Stunden mit einer neuen Mahlzeit warten. Um die Beute zu verstecken, hat er wohl den Banker in seinen Stall gezerrt. So hielt er das Futter bis zum Morgen für seine Familie frisch.«

Nicole schüttelte angewidert den Kopf.

»Na gut«, sagte Pascale, »ich habe mich in das Tier hineinversetzt, um seine Handlungen zu verstehen.«

»Passt«, nölte Nicole. Ihre ausgesprochen schlechte Laune beeindruckte alle.

»Den Autopsiebericht habt ihr schon?«, fragte der Detektiv.

»Ja. Sagt aber nicht viel aus. Jedenfalls nicht mehr, als wir bereits wissen. Vom Herz fehlt jede Spur. Gefressen oder herausgeschnitten und entfernt – wir wissen es nicht.« Spring hielt inne.

»Glaubt ihr, an der Ritualmordtheorie der Mädchen ist was dran?«, fragte Nicole.

»Mir wär's lieber, wir hielten uns an die Fakten«, erklärte der Störfahnder. »Falls wir ein absichtliches Entfernen des Herzens nachweisen können, nehmen wir uns der Sache an. Vorerst gehen wir von einem

Todesfall unter Mitwirkung mindestens einer Zweitperson aus, ob absichtlich oder unabsichtlich und mit wie viel krimineller Energie, wird noch zu klären sein.«

SONNTAG, 18.9.2011

Ein welkes Holunderblatt hatte sich im Faden eines Spinnennetzes verfangen und drehte sich sanft im Wind. Philipp Wüthrich beobachtete es aus einem mehlbestäubten Fenster der Backstube in der Länggasse. Mit seiner Linken fuhr er über den Scheitel und durch die ungewaschenen braunen Haare. Eigentlich hatte er keinen Grund zur Klage. Sein Geschäft lief gut.

Die Bäckerei Wüthrich war ein Familienbetrieb seit vier Generationen. Bislang noch. Denn Philipp war der einzige der Familie, nachdem die Eltern im Jahr zuvor bei einem Autounfall ums Leben gekommen waren, abgestürzt in eine unübersichtliche Schlucht in den Voralpen, wo man sie erst vier Tage später gefunden hatte, eingeklemmt im Auto, Unfallursache: der Vater offenbar übermüdet am Steuer. Aus diesem Grund musste der Sohn bereits vor der Meisterprüfung den Betrieb übernehmen. Bevor er sich um sein eigenes Leben hätte kümmern können.

Eigentlich hätte es Wüthrich nicht nötig gehabt, auf Abwege zu geraten. Aber vor zwei Wochen, an seinem 24. Geburtstag, hatte er eine Wette verloren. In seinem Beruf war es ihm – um ehrlich zu sein – mit den Jahren doch ein wenig langweilig geworden. Die Kundschaft kaufte brav und regelmäßig ein, jedoch stets die gleichen Geburtstagstorten, Blaubeerkuchen, Marzipanschweinchen. Keine Herausforderung für einen Zuckerbäcker. Die wenigen Neukreationen, die er sich zutraute, blieben in der Auslage liegen. Alle fanden es hübsch anzuschauen, das dekorierte Gebäck mit dem exotischen Fruchtgeschmack, dennoch ließen sie es im Laden.

Nun also der denkwürdige 24. Geburtstag. Er hatte mit einigen befreundeten Jungbäckern im ›Blauen Engel‹ gefeiert, wohl ein paar Gläser zu viel getrunken, als er wettete, er könne ebenso gut Eulen und Meerkatzen backen wie Till Eulenspiegel, den er im Übrigen zu den Vorvätern seines Gewerbes erhob. In seinem Übermut erneuerte er seine Behauptung, als eine junge Punkerin mit ihrer etwas älteren Kollegin an den Tisch trat. Man stellte sie ihm vor: Bérénice Moser, 17-jährig, schwarz gefärbte kurze Haare, die ihr stachlig vom Kopf abstanden, und eine schlanke Gestalt.

Es kam, wie es kommen musste. Am nächsten Morgen erinnerten ihn seine Kollegen an das Versprechen, das er bereits vergessen hatte. Nun fand er es derart bescheuert, dass er es gar nicht erst versuchte und die Wette verloren gab. Leider konnte er sich auch nicht mehr daran erinnern, was er in einem solchen Fall zu tun hatte.

So kam es, dass der Zuckerbäcker Philipp Wüthrich zum Hersteller von erotischen Süßwaren werden sollte. Man verlangte von ihm pralle Brüste, schmale

Frauenhintern, ja sogar ein paar süße Penisse wurden geordert. Nach dem ersten Schreck begann sich Philipp ernsthaft mit der Kreation dieser Köstlichkeiten auseinanderzusetzen. Der vermeintliche Scherz konnte sich zu einer geschäftsfördernden Idee entwickeln. Allerdings war die Erfahrungsbasis des jungen Bäckers sehr bescheiden. Studien am lebenden Modell waren nötig, und Materialtests, denn die Grundsubstanz Marzipan war einfach zu weich. Wer biss denn schon gern in einen schlaffen Penis? Also musste er seine Meisterstücke verstärken, sodass zwar dem Auge Genüge getan wurde, aber nur noch speziell ausgesuchte Partien konsumiert werden konnten. Schon bald stellte sich heraus, dass Philipps Fingerfertigkeit für wunderschöne Kuchen und Dekorationen ausreichte, jedoch nicht – wie er selbst festgestellt hatte – für Eulen und Meerkatzen oder Busen und Hinterteile. Seine ersten Versuche wiesen etwa den Charme von Modelleisenbahndekorationen auf.

Es musste doch möglich sein, Vorlagen zu schaffen, die man öfter benutzen konnte. Beim Penis sah Wüthrich keine Probleme, er konnte seinen eigenen als Vorbild nehmen, ihn vielleicht ein wenig vergrößern, das glaubte er der Damenwelt schuldig zu sein. Schwieriger wurde es, was die weiblichen Teile der Anatomie betraf. Denn den Brüsten, mit denen er sich bisher auseinandergesetzt hatte, mangelte es an Form und Festigkeit. Bilder und Videos waren eben zweidimensional, was die Vorstellungskraft beim handwerklichen Umsetzen über Gebühr beanspruchte. Er brauchte ein Modell, so viel war klar.

Philipp erinnerte sich an Bérénice. Sie besuchte die Schule für Gestaltung in der Lorraine und wohnte oberhalb des Botanischen Gartens. So viel brachte er in Erfahrung. Eines Nachmittags, als er in der Backstube fertig war, lauerte er ihr auf und folgte ihr über die Lorrainebrücke Richtung Reithalle. Kurz vor dem Brückenkopf drehte sich das Mädchen abrupt um und stellte ihn zur Rede.

Wüthrich stammelte ein paar unbeholfene Sätze, erzählte von der Wette und brachte sogar sein Anliegen über die Lippen, sie möge ihm Modell stehen. Bérénice lachte, es schien ihm ein zustimmendes Lachen. Und so bat er sie für den Sonntagnachmittag, wenn er die Bäckerei für sich allein hätte, zu sich. Sie nickte und verschwand, nachdem er ihr seine Visitenkarte gegeben hatte.

Philipp betrachtete immer noch das Holunderblatt, das sich unablässig weiterdrehte. Er hatte gestern Nachmittag mehrere Modelle geformt, eines wackliger als das andere. Damit das kostbare Material nicht völlig vergeudet wurde, biss er jeweils die Brustspitze ab und verschluckte sie ganz, sodass ein Dutzend unappetitlicher, schweinchenrosa Marzipanhaufen zurückblieb.

Nun drehte sich Philipp dem Teigkneter zu und entnahm ihm die klebrige Masse, die er auf dem Tisch flächig ausbreitete in der Absicht, sein Modell darin einzuwickeln. Am liebsten hatte er es mitsamt dem Teig in den Backofen geschoben, eine Hänsel-und-Gretel-Geschichte sozusagen, um danach die Kruste aufzubrechen und ein hohles Modell zu haben. Allerdings mangelte es ihm nicht nur an einem entsprechend großen Backofen, sondern eben auch am Modell. Denn Bérénice, das spürte er bereits, ließ ihn sitzen. Zwar mochte das Mädchen zur eher unpünktlichen Sorte gehören, aber eine Verzögerung von mehr als zwei Stunden zerrte nun doch an seinen Nerven. Er nahm eine extragroße Menge Marzipan und knetete einen Busen im Überformat, das Bérénice sowieso nicht hergegeben hätte. Es sollte die Sinne anregen und den Mittelpunkt einer Tafel bilden.

Philipp setzte all sein Können ein, drehte und wendete die Mandelmasse hin und her, fuhr wie ein Töpfer mit den Fingern um sie herum, stürzte sie in einen Brotkorb und war doch mit dem Ergebnis nicht zufrieden. Nur die Brustwarze gefiel ihm. Er überzog sie mit einem Schokoladenguss, in den er vorher eine ganze Phiole seines Bittermandelöls geleert hatte, das er selbst aus Mandel- und Aprikosenkernen extrahiert hatte.

Es war sein bestes Werk. Das stellte er trotz seiner flatternden Nerven sofort fest. Es sollte auch sein letztes sein. Philipp Wüthrich setzte sich auf Augenhöhe vor seine Kreation, sog den betörenden Duft ein und biss zu. Leidenschaft eben und gutes Schweizer Handwerk. Der letzte Busen allerdings war eine Spur zu groß, die Gier zu gewaltig, der Tod zu heftig.

Die Bäckereiverkäuferin fand den Jungkonditor am frühen Montagmorgen, als sie den Laden aufschloss und sich noch darüber wunderte, dass es so kalt war. Philipp war vornübergekippt, saß auf einem Melkschemel, das Gesicht im Marzipanbusen, die Haut grau, der Raum erfüllt vom Geruch nach bitteren Mandeln.

MONTAG, 19.9.2011

Am Pult träumte sich Herbert Ullmann, gerade 50 geworden und eine halbe Stunde zu früh im Klassenzimmer, zurück an den Schulanfang. Genauer an ein paar Tage vor Beginn des Unterrichts. Nach den langen Sommerferien betrat er das Gebäude zum ersten Mal wieder.

Man nahm eine Schule an ihrem Geruchsmuster wahr: Am Duft nach säuerlicher Milch und körperwarmen Schweißpantoffeln erkannte man die Primarstufe, an frühpubertärem Achselgeruch und ungewaschenen Sportsachen roch man die Mittelstufe, und die oberen Klassen mieften nach Deo-Sprays und schwülstigen Urwaldblütenparfüms. Wobei es unklar blieb, ob damit ein olfaktorischer Fortschritt verbunden war oder ob nicht einfach der Duft der Kindheit von Fremdgerüchen schichtweise überdeckt wurde. Archäologischer Duftmüll sozusagen, den man mühsam wegschrubben musste, um den Menschen darunter wieder zu riechen.

Die Fraktion der Grauhaarigen und Glatzköpfigen, Naturfarbkolorierten oder Fremdbehaarten traf sich zum Konferenztag, der mit dem Ritual des Händeschüttelns begann. Hundert Leute. Austausch der Viren und Bakterien, denen sie auf der ganzen Welt begegnet waren und die sie von zu Hause mitbrachten, um ihre Kollegen daran teilhaben zu lassen. Impfprogramm.

Ullmann selbst trat in dezentem Grau an, um nicht jederzeit als ›Mann mit dem roten Hemd‹ erkennbar zu sein. Er strich die spärlichen Kopfhaare glatt, zupfte sein anthrazitfarbenes Hemd zurecht und wollte auf keinen Fall nach seinen Ferienerlebnissen gefragt werden. Denn er hatte keine. Jedenfalls keine, die im Markt der Eitelkeiten für Aufregung gesorgt hätten.

Er hatte sich mit Bravour durch den Morgen geschmuggelt, eingepfercht in enge Stuhlreihen. Von der Menschenrechtskonvention verboten, aber bei der Käfighaltung von Lehrpersonen an unendlich langweiligen Sitzungen erlaubt. Schließlich hatte unternehmerisches Denken Einzug gehalten, Kompetenzen mussten errungen, Zielvereinbarungen formuliert und Bilanzen gefälscht werden.

Leider wurden neben belanglosen ritualisierten Beschwörungsformeln selbst sinnvolle Vorträge hinter einem schauderhaften Bedeutungsslang verborgen, wichtiger gemacht, als sie waren, durch Worthülsen frisiert und in Fremdwörtern ertränkt, damit die inhaltliche Banalität nicht sofort sichtbar wurde. Beliebt waren auch Handlungsanleitungen, die der leichteren Merkbarkeit wegen zu einem Anfangsbuchstabenmodell umgebogen wurden, bis man sie nicht mehr erkannte. Besonders für die Vergleiche mit der Sportwelt konnte sich Ullmann begeistern, fallweise Teamsport oder Einzelsport, was immer gerade zur Theorie des Vortragenden passte. Und er wunderte sich jedes Mal darüber, dass Drogenkonsumenten und Dopingsünder der berufstätigen Jugend die Richtung ihrer Entwicklung anzeigen sollten.

In der späten Nachmittagspause, als sich Herbert an einer Kaffeetasse festhielt, bemerkte eine junge Lehrerin, gegen deren Blick eine Schlaftablette ein Muntermacher war: »Nach halb fünf sollte man keinen Kaffee mehr trinken, wenn man noch schlafen will.«

Nachdem der Lehrer entgegnet hatte, er nehme täglich vier bis fünf Tassen davon, neigte sie den Kopf. »Ich weiß nicht, wie ich es anständig ausdrücken soll, aber das grenzt bereits an Abhängigkeit.«

Ullmann vertrocknete beim Zuhören das Gehirn.

Gestern hatte er sich als Vorbereitung auf die heutige Lektion den pädagogisch wertvollen Film ›Lesbian Vampire Killers‹ reingezogen. Mit einem Lächeln erinnerte er sich nun an die Schwarte, während die 16-Jährigen ins Zimmer tropften.

Schimmelpilzsammelstellen schützten tagelang nicht gewaschene Haare, die nur dank massivem Gel-Einsatz eine unnatürliche Form behielten. Mädchen missbrauchten Handys als Schminkspiegel und verteilten Pomade, die jede halbe Stunde auf fürchterlich ausgetrocknete Lippen und Hände aufgetragen werden musste. Tupperware mit Pausenbroten landete auf den

Tischen sowie ausgeleertes Aufwärmessen oder klebrige Getränke, die das Absenzbüchlein an der richtigen Stelle unrettbar zusammenpappten. Zuletzt betrachtete er die Opfer von verbesserter Mundhygiene, denen die Zahnärzte zum Ausgleich finanzieller Einbrüche Zahnspangen als ersten Schritt zur Gleichschaltung der Menschheit verordnet hatten. Wenn sich zwei damit küssten, sangen sie den Prothesen-Blues.

Herbert Ullmann schaute sich in der Klasse um, jetzt, da alle ihren Platz gefunden hatten. Er ließ seinen Blick schweifen, der auf den Schuhen landete – Sneakers, um genau zu sein. ›Turnschuhe‹ durfte man dazu nicht sagen, denn geturnt wurde damit nicht mehr. Die Summe, die für die anwesenden Sneakers ausgegeben worden war, war wesentlich höher als der Betrag, der in ihrer gesamten Schulzeit für Bücher aufgewendet wurde. Vielleicht, überlegte er, war seit seiner Jugend das Gehirn vom Kopf in die Füße gewandert?

Das Thema im Geschichtsunterricht waren die Umstände, unter denen die Schweiz die Zeit des Zweiten Weltkriegs überstanden hatte. Ullmann wagte es nicht, den Schülern direkt in die Augen zu sehen, weil er Angst vor ihrem mangelhaften Interesse hatte. Sie waren ganz offensichtlich mit etwas wesentlich Wichtigerem beschäftigt, denn sie schoben sich gegenseitig Zettelchen zu, auf denen sie Notizen hinterließen. Ullmann kratzte sich am glatt rasierten Kinn, sein eher längliches Gesicht war bleicher als gewohnt. Und er dachte an eine Verabredung, der er bald Folge leisten musste.

Der Lehrer war bei den Schülern nicht sonderlich beliebt, er war keiner, der SMS von heimlichen Verehrerinnen bekommen hätte. Er galt als distanziert, war niemals per Du mit den Jugendlichen, wie es Kolleginnen und Kollegen offenbar spielend schafften. Er hätte Bedenken gehabt wegen zu großer Vertraulichkeit, die sicher nur ausgenutzt wurde.

Deshalb unterrichtete er seine Fächer – Deutsch, Geschichte und Staatskunde – professionell, aber auch professoral. Keiner sollte ihm dreinreden. Bei seiner Sachkompetenz wäre dies schwierig gewesen. Vor allem in Geschichte war er kaum zu schlagen. Spezialgebiet Entwicklung des Faschismus, Zweiter Weltkrieg, nachrichtenlose Vermögen. Das Mädchen mit dem goldenen Schneidezahn beglückte ihn mit einem zauberhaften Lächeln. Unter strähnig dunkelblonden Haaren blitzte es in seine Augen, ungekünstelt und brutal direkt, unbeeindruckt von den Wirrnissen der Welt außerhalb dieser Sandsteinmauern, die nicht nur verbargen, was dahinter geschah, sondern sogar diejenigen schützten, die es taten.

Herbert Ullmann präsentierte mit sichtlichem Stolz eine Tonbandkassette, auf der ein langes Interview mit Ernst Thide gespeichert war, den Ullmann an einem Partisanentreffen kennengelernt hatte. Der Deutsche, Jahrgang 1920, hatte ihm seine Lebensbeichte abgelegt, eine verwirrende Geschichte von der Jugend unter dem Naziregime über Kriegserlebnisse, Gefangenschaft und die späte Rückkehr in ein Land, das von Versagern wie ihm nichts mehr wissen wollte. Er hoffte auf die Unmittelbarkeit des Erzählens, um seine Klasse für das Thema zu begeistern.

›Im Juli 1939, kurz vor Kriegsbeginn, wurde der Jahrgang 1920 zur Musterung aufgeboten. Wegen meines Berufs als Autoelektriker kam ich zur Panzertruppe. Ich war gerade 19 Jahre alt. Dann habe ich gehört, wenn man sich freiwillig zum Wehrdienst meldet, könne man die Waffengattung wählen und sich sogar den Arbeitsdienst ersparen. Ich hatte Angst vor den fahrenden Särgen. Also habe ich mich für die Hundestaffel entschieden. Am 10. Januar 1940 begann für mich der Krieg.

Nach ein paar ruhigen Monaten hat man mich im Oktober 1940 zu einer Nachrichteneinheit versetzt, wo ich der Werkstatt zugeteilt war. Zuerst ging es nach Ville d'Avray nahe Paris. Ab Februar 1941 war es dann vorbei mit der Gemütlichkeit. Unsere Einheit wurde mit den Fahrzeugen auf die Bahn verladen und quer durch Europa transportiert: über Elsass-Lothringen zurück nach Deutschland und weiter über Salzburg, Wien, Budapest und Bukarest nach Plewen im Norden von Bulgarien. Station für Station verschlug es uns durch den Balkan zurück vor die Tore von Wien.

Dort hörten wir, an einem Sonntag im Juni 1941, aus dem Radio vom Beginn des Feldzugs gegen die Sowjetunion. Ein paar Tage später fuhren wir durch halb Osteuropa über Polen und Ostpreußen nach Minsk, der Hauptstadt des heutigen Weißrussland.

Wir waren also monatelang ohne größere Kampfhandlungen unterwegs durch Europa, bis wir im Herbst 1941 vor Brjansk stationiert wurden. Zwei Jahre lang war die Region von der deutschen Armee besetzt, und die Wälder rund um die Stadt waren Hauptrückzugsgebiet der russischen Partisanen. Da entstand auf beiden Seiten ein Zermürbungskrieg, unter dem besonders die Zivilbevölkerung zu leiden hatte. Man hat uns dann zurückgenommen nach Ostpreußen zur Auffrischung, denn die Fahrzeuge hatten stark gelitten.

An Pfingsten 1942 ging unser Marsch wieder los. Wir wurden auf die Bahn verladen und fuhren bis Przemysl bei Lemberg, dem heutigen Lwiw in der Ukraine. Damals hieß es Lwow und gehörte zu Polen, eine Stadt, die in ihrer Geschichte mehrfach den Besitzer gewechselt hat. Dort wurden wir ausgeladen und legten den Weg in den Südosten mit unseren Fahrzeugen zurück, durch Winnyzja, Uman, Kirowohrad, Dnjepropetrowsk bis nach dem damaligen Stalino, dem heutigen Donezk im Kohlerevier Donbass. In Rutschenkowo verweilten wir neun Monate, ständig Fahrzeuge reparierend. Wir lagen also nahe der Entscheidungsschlacht von Stalingrad, aber zu meinem

Glück weit genug entfernt, um unmittelbar beteiligt zu sein. Dort geschah mein Unfall und meine erste Verurteilung, man hat mich vom Gefreiten degradiert, ich wurde wieder einfacher Soldat.‹

Diskret schaute Herbert Ullmann auf das Fotoblatt der Klasse, denn er konnte sich einfach nicht jedes Jahr all die neuen Namen merken. Aber die drei Mädchen in der hinteren linken Ecke waren ihm sofort aufgefallen: Melinda Käsbleich, Gwendolin Rauch und Phoebe Helbling führten etwas im Schilde, denn alle Zettelchen landeten bei den dreien. Er hätte aufstehen und kontrollieren können, was sie im Geheimen trieben. Aber es war offensichtlich nicht sein Tag. Er lenkte sich mit schwermütigen Gedanken ab und ließ seinen ab und an vorhandenen Wortwitz und die gedankliche Spritzigkeit vermissen.

Die enorme Beschleunigung des Lebens machte ihm zu schaffen. Sie verkürzte das Dasein im eigentlichen Sinn schon wieder. Denn was sich früher jemand – wenn überhaupt – mühsam erwandert, erarbeitet hatte, um etwas Neues zu entdecken, wusste heute jeder 15-Jährige, zumindest virtuell: Er war um die halbe Welt gejettet, kannte alle Stellungen des Kamasutra, selbst wenn er sich noch nie getraut hatte, ein Mädchen anzusprechen, hatte alle Liebes-, Horror- und Fantasyfilmprototypen gesehen und wirkte geistig wie ein 80-Jähriger, nur ohne die reale Lebenserfahrung. Was blieb da noch an Entdeckerfreude, an Fantasie, an Spiel? Wo alle Möglichkeiten bereits bekannt waren, gab es keinen Grund mehr, sich auf Neues, Unbekanntes zu freuen.

Seine Schüler waren 16. Das gefühlte Alter in Bezug auf geistige und körperliche Beweglichkeit lag bei einzelnen eher im Pensionsalter. Ullmann musste letzthin erfahren, dass er mit 48 zu alt für eine neue Stelle sei, da ein Team eine – nicht näher spezifizierte – jüngere Person ausgewählt habe, die man besser formen könne (offenbar ohne Rückgrat) und deren Herzlichkeit besser zum Wohlfühlunternehmen Schule passe.

Nun gut. Gehörte er eben neuerdings zum Zielpublikum von Seniorenzeitschriften, die ihn auf die Demütigungen des Älterwerdens vorbereiten wollten. Er war nun also Teil des Alteisens. Aber es war noch viel Heavy Metal in ihm drin! Ein bisschen mehr Altersradikalität täte dieser Gesellschaft gut.

›In Rutschenkowo begann an einem Abend draußen unvermittelt eine Schießerei. Da hieß es: An die Waffen. Ich habe auch meine Knarre genommen, Patronen reingesteckt und ging raus. Es hat sich bald erledigt, ein besoffener deutscher Soldat hat rumgeschossen und den ganzen Wirbel verursacht. Als ich mein Gewehr wieder entladen wollte, haben sich die Patronen verklemmt, ich weiß nicht warum. Eine Patrone steckte ja schon im Lauf. Als ich sie entfernen wollte, ging ein Schuss los und hat einen Kameraden, eigentlich einen guten Kumpel, in die linke obere Brust getroffen. Ein glatter Durchschuss! Ich war mehr am Ende als er, ich habe versucht, ihm zu helfen, aber ich bin kopflos geworden, ich wusste überhaupt nicht mehr, was tun.

Man hat mir dann die Waffen weggenommen, und im Spätherbst bekam ich neun Monate Gefängnis wegen fahrlässiger Körperverletzung, zu verbüßen in einer Feldstrafgefangenenabteilung. Das war ein Gefängnis mit einem Raum, etwa sechs mal sechs Meter groß. Fürchterlich gestunken hat's, denn es waren 40 verurteilte Soldaten da drin!

Wir wurden in der Nähe eingesetzt. Wir mussten Massengräber ausheben. Es kamen Karren voller abgemagerter, verhungerter, toter Russen, ehemalige russische Soldaten, hat man uns gesagt. Man konnte es den Leuten ja nicht ansehen, die waren nackt und wurden dann – es war Winter, alles war gefroren – vom Karren genommen, zwei Mann, eine Leiche, in weitem Bogen runtergeworfen in das ausgebuddelte Loch. Das hat unten so komisch geplumpst. Einer unserer Leute hat gelacht, der bekam von einem andern eine Ohrfeige, dass er beinahe selbst ins Loch gefallen wäre. Das war bestimmt kein Anblick zum Lachen!

Als die russische Front näher rückte, mussten wir das Gefängnis aufgeben und wurden als Einheit mit Pferdefuhrwerken zusammengestellt und nach Westen beordert. Auf diesem Marsch sind viele von uns liegen geblieben. Hunger, Kälte, Erschöpfung. Sie sind gestorben und wurden behelfsmäßig unter dem Schnee verscharrt. Wir sind weiter marschiert bis nach Saporischschja am Dnepr, mehr als 200 Kilometer. Es sind Leute gestorben, es sind welche misshandelt worden. Es war furchtbar, das mit anzusehen, und man hat sich kaum getraut, daran zu denken, wenn man selbst an die Reihe käme, wenn man irgendetwas falsch machen würde. Man würde ebenfalls geschunden und geplagt, bis man schließlich verreckt und irgendwo im Schnee begraben wird und von den Raben gefressen, wenn man im Frühjahr wieder auftaut.

Bei uns war ein Hilfswilliger, ein Ukrainer in deutscher Uniform, der hat zu mir gesagt: ›Komm, wir müssen gehen, wir werden hier kaputt gemacht, wir verrecken hier. Wir können auch woanders sterben.‹ So sind wir abgehauen. Und nachdem der Ukrainer bei seinen Landsleuten Unterschlupf gefunden hat, stand ich alleine da. Es hat mich zurückgezogen nach Rutschenkowo. Im Winter 1943 bin ich wieder in die Gegend gekommen. Es war die Zeit nach Stalingrad, da war sowieso nichts mehr wie zuvor. Ich wollte mich zur Halbinsel Krim durchschlagen, bin aber unterwegs von einer SS-Einheit, die das Land nach Partisanen durchsucht hat, aufgegriffen worden.

Noch einmal bin ich davongekommen und fand den Weg zurück nach Saporischschja. Aber zuletzt hat mich eine rumänische Einheit an der Staustufe über den Dnepr aufgehalten und an die Gestapo übergeben. Der Oberbefehlshaber der Region hat dann vor einer Kompanie Soldaten einen Schauprozess veranstaltet. So ein Deserteur kam ihm gerade recht. Deshalb hat er mich zum Tode durch Erschießen verurteilt. Die Abschreckung jedenfalls hat funktioniert. Die Soldaten waren käsebleich.

Mich hat man wieder ins Gefängnis gesteckt, und als die russische Front näher kam, hat man den Knast geräumt und uns nach Lemberg zurückverfrachtet, denn erschießen wollte man uns ja selbst. Ich habe dann dort die Nachricht erhalten, dass man mich zu zehn Jahren Gefängnis begnadigt hatte.‹

MITTWOCH, 21.9.2011

Das Bauch & Kopf war bereits am frühen Abend bis auf den letzten Platz besetzt, obwohl die jungen Leute, die den Saal füllten, sonst nicht dafür bekannt waren, rechtzeitig zu einer Party aufzutauchen. Melinda Käsbleich, Gwendolin Rauch und Phoebe Helbling hatten seit dem Mittag den Raum dekoriert. Scherenpapierartig zerschnittenes Einwickelstanniol hing von der Decke, an den Wänden klebten leere Schokoladeverpackungen und in einem ausgeräumten Getränkekühlschrank lagerten verpackte Tafeln Schokolade und Pralinenschachteln, die mit Preisnummern versehen waren.

Die Erklärungen, was es mit diesen Preisen auf sich hatte, ging etwas unter, denn über allem dröhnten aus den Lautsprechern eines Flachbildschirms Nick Cave und Kylie Minogue, die ›Where The Wild Roses Grow‹ in die Luft hauchten. Als Ophelia-Leiche im Wasser liegend, schaffte es Kylie immerhin noch bis zur letzten Strophe. ›All beauty must die‹, sang Nick, über den bleichen Körper gebeugt, den eben eine Wasserschlange in Besitz nahm. Dagegen kam Melinda mit den Spielregeln nicht an.

»Im Lokal und draußen in der Pergola sind verschiedene Hinweise gestreut. Wenn ihr Glück habt, führen sie euch zu einem ganz besonderen Schatz«, kam es dennoch bei den Festfreudigen an. Allerdings waren die Meinungen darüber geteilt, ob man für einen Schatz auch etwas tun müsse. Der könne einem sogar ohne Mühe in den Schoß fallen.

»Ich warte mal ab«, sagte Heidi, »sonst geht's wie bei meiner Tante, die mir so einen Stabmixer geschenkt hat. Das ist was für Großmütter. Ein Mixer passt gar nicht zu mir.« Sie zog ihren bordeauxroten Lippenstift nach und lächelte Kevin an.

»Schau dir die beiden an«, nölte Phoebe. »Tun wie die unsterblich Verliebten. Dabei geht's nur ums Posen.«

»Kevins einzige positive Eigenschaft ist, dass er einen Schatten wirft«, wusste Gwendolin.

»Hoffentlich hat es nichts mit dem Zweiten Weltkrieg zu tun«, seufzte Ralf und warf seine Haare zurecht. Er nahm eine der herumliegenden Schallplatten in die Hand und rümpfte die Nase. »Wer nennt denn so was Unhandliches sein Eigen?«

»Subliminale Botschaften«, sagte Lisa Schild – als Rock-'n'-Roll-Braut auf der Überholspur, aber schlief beinahe beim Sprechen ein. »Deine MP3-Dateien laufen eben nicht rückwärts und können keine satanischen Bekenntnisse abspielen.«

»Quatsch«, ereiferte sich der Angesprochene. »Wenn du die englischen Texte nicht einmal vorwärts verstehst, wie willst du dann von rückwärts gesungenen Wörtern beeinflusst werden?«

»Wer weiß«, sagte Lisa spitz und schwenkte den Umschlag im Raum, sodass alle die erste LP der Black Sabbath sehen konnten.

»Karaoke!«, schrie Gwendolin und zeigte auf Lisa. »Singen!«

Man hatte sie wohl zu wenig eindringlich vor der Show gewarnt. Während im Hintergrund Gewitter und Kirchenglocken in die Songmelodie aufgenommen wurden, stand Lisa bereit. Das Lied begann langsam, Ozzy Osborne machte ihr mit der Geschwindigkeit keine Sorgen. Nachdem sie ihren körperlichen Vorzügen Wirkung verschafft hatte – die aristokratische Nase, der breite Mund mit dem Glitzerkram auf den Lippen, der schmale Hals und die breiten Schultern, die nicht nur dem wogenden Busen Halt geboten, sondern auch einen Resonanzboden für den Gesang geformt hätten –, versagte Lisas Stimme auf der ganzen Linie. Sie brach bereits gegen Ende der ersten Strophe ein, die verpassten Einsätze wurden zahlreicher, die nicht getroffenen Töne trotz der anarchischen Darbietung des Originals in Lisas Version unüberhörbar.

Heinrich Müller, der eben angekommen war, konzentrierte sich auf die überdimensionalen Ohrringe, die im Licht der Deckenspots golden glänzend die Bewegungen des Mädchens mitmachten.

»Unter ›Schatz‹ hab ich mir was anderes vorgestellt«, flüsterte Benjamin.

»Ist das nun eine Schnitzeljagd wie bei Dan Brown?«,

fragte Mirjam und hielt sich an Lukas fest, der meinte: »Wart's ab. Sobald von Tempelrittern und dem Heiligen Gral die Rede ist, weißt du, dass es Unsinn ist.«

»Sag bloß«, murmelte seine Freundin, während sie an einem Parfümteststreifen aus einer Zeitschrift roch. Superweiße, strahlende Zähne, aber nichts zu lachen.

Die Singerei nahm nun Fahrt auf, und an der Bar wurden Schokotäfelchen und heiße Getränke ausgegeben.

»Ich habe gehört, dass Whisky sehr gut zu Süßem passt«, erklärte Bérénice und zupfte an ihrem T-Shirt mit dem Aufdruck ›I only fuck a Harley-Davidson-guy‹.

»Aber erst nach 18 Uhr«, sagte Melinda.

»Und nur ab 18 Jahren«, ergänzte Louise. »Ich will keine Scherereien.«

Es stellte sich heraus, dass die meisten Anwesenden das Erwachsenenalter bereits erreicht hatten und dass es keiner gebrannter Wasser bedurfte, um die Situation außer Kontrolle geraten zu lassen.

Nun flimmerte ein Schwarz-Weiß-Film aus den Sechzigern über den Bildschirm. Trude Herr brüllte ›Ich will keine Schokolade – ich will lieber einen Mann …‹ und löste damit blankes Entsetzen aus. Bauch & Kopf erweckte den Anschein einer Konditorei in der Wochenendproduktion: verklebtes Geschirr, braune Flecken auf den Tischen, Kussmünder im Kakaohimmel.

Lisa und Mirjam tauschten sich über ihre Tattoos aus. In einer Sprache, die keine von ihnen lesen konnte, hatten sie sich von einem Asiaten etwas in ihren Nacken stechen lassen, von dem sie behaupteten, es sei ihr Name. Ein Zweitchinese, der ansonsten nur vor sich hin kicherte, hätte auf Anfrage erklärt, es heiße ›Frau mit platter Nase‹ – wenn er die höfliche Umschreibung benutzt hätte.

Hot Chocolate hatten den Fernseher mit Funk aus den Siebzigern übernommen, Melinda Käsbleich versuchte vergeblich, der zunehmenden Zerstörung ihrer Lieblingskneipe Einhalt zu gebieten. Bald würde jeder saubere Durchgang den direkten Weg zur Schatztruhe weisen. Verzweiflung machte sich breit, denn sie wusste, dass die Drei Grazien den ganzen Laden wieder säubern mussten – das hatten sie versprochen, als sie Louise die Einwilligung zur Party abgerungen hatten.

Mathilda ließ sich gar nicht erst blicken. Sie mied jeden Lärm. Baron Biber hingegen bekleckerte seine ehemals weißen Pfoten und rümpfte die Nase, als er sie ableckte. Es war schwierig, ihm begreiflich zu machen, dass Zucchettikuchen im Katzenernährungskalender nicht vorgesehen war. Ebenso wenig Rotwein. Und schon gar nicht Schokolade mit Kaffeebohnensplittern. Leicht beleidigt drehte er ab, putzte den Hintern und markierte den Schirmständer.

Gwendolin hatte sich völlig erschöpft zu Heinrich

gesetzt. »Die meisten Menschen interessieren sich nur für Theorien, die ihr Verhalten bestätigen«, sagte sie.

»Oder sie denken sie so lange um, bis sie ihr Verhalten verstärken«, brummte der Detektiv.

Und dann kam Annika. An den Sohlen der Stilettos klebten noch die Preisetiketten. Unter ihren Pluderhosen zeichnete weiches Fleisch viel versprechende Konturen. Die Lederbluse presste den Busen flach. Die dunkelbraunen schulterlangen Haare glänzten im Sternenstaub der Deckenleuchten, während lichtscheue Augen den Weg zwischen den Schokoladefeiernden suchten.

»Schick sie raus«, flüsterte Gwendolin. »Sie erzählt uns sonst wieder ihre Lebensgeschichte. Sie ist die Tochter eines Bulgaren und einer Alkoholikerin. Das war der Beginn einer steilen Karriere durch Waisenhäuser und Jugendheime und mit ständig wechselnden Liebhabern. Ich kann's nicht mehr hören.«

»Wenn nichts davon wahr wäre? Alles ein Gerücht?«, fragte Heinrich.

»Egal. Sie führt sich auf, als ob es so geschehen ist. Es ist der Charakter, der die Lebensgeschichte formt. Nur selten steckt eine Wahrheit, ein echtes Leben dahinter.«

»Echt ist nur die Erinnerung«, sagte der Detektiv, »nicht das Geschehene.«

Zielsicher trat Annika Imhasly nun auf den Tisch

zu, an dem die beiden saßen. »Ihr tuschelt über mich?«, wollte sie wissen.

»Wie denn?«, fragte Gwendolin. »Tuscheln ist leise, deine Ohren sind groß.«

»Und mein Gehirn sagt, man hätte als Detektiv Besseres zu tun, als mit Schulmädchen zu flirten.«

»Zum Beispiel?«, fragte Müller mit einem müden Lächeln.

»Mörder fangen.«

»Für Tipps und Anregungen benutzen Sie bitte diesen Briefkasten«, nörgelte Gwendolin und zeigte auf die Wand, wo tatsächlich nach wie vor der Schlitz sichtbar war, den man in früheren Jahren zum Einwerfen von Vorschlägen zu Händen der Betriebsleitung genutzt hatte.

»Mädchen, denk mal über folgende Wörter nach: Helden, Bohnenstroh, leicht, krabbeln, Untiefe, Leder. Das beschreibt genau dein Leben«, sagte Annika.

»Ist nicht wahr!«, rief Gwendolin.

»Krieg dich wieder ein. Wahrheit wird überschätzt.«

DONNERSTAG, 22.9.2011

»Und wenn es ein Unfall war?«, sagte Bernhard Spring ohne große Überzeugung zum Tod des Zuckerbäckers. »Schließlich ist Blausäure ein Kontaktstoff, bei dem das bloße Einatmen für eine Vergiftung ausreicht.«

Heinrich Müller hob sein Glas, prostete dem Störfahnder zu und erklärte: »Meines Wissens müsstest du dafür eine ganze Menge von dem Stoff inhalieren, damit es zu einem tödlichen Ausgang kommt. Und wenn jemand das Gas zufällig einatmet, dauert es doch eine gute Viertelstunde bis zum Exitus. Er hätte also genügend Zeit für einen Notruf.«

»Du hast wohl recht. Die Konzentration im Körper war auch viel zu hoch für eine zufällige Einnahme. Er muss gewusst haben, was er tat.«

»Oder er hat sich zumindest nicht dagegen gewehrt.«

»Warum beschäftigt dich der Fall?«, fragte der Detektiv.

»Weil der Mann so jung war und kein offensichtlicher Grund für einen Selbstmord besteht. Es gibt keinen Abschiedsbrief. Die Geschäfte liefen gut. So viel Überdruss am Leben sollte man in diesen jungen Jahren nicht haben.«

»Du siehst jedoch keinen Zusammenhang mit dem Mord im Wildschweingehege?«

»Nein«, antwortete der Störfahnder. »Allerdings sind zwei unnatürliche Todesfälle innert weniger Tage nicht üblich.«

Bernhard Spring kratzte sich am Kopf, das Haar war grau geworden und hing fädig über das müde Gesicht, in dem sich tiefe Falten um den Mund legten. Endlich kam Louise zu den beiden an den Tisch im Bauch & Kopf, legte die rechte Hand auf Heinrichs Schulter und fragte nach ihren Wünschen.

»Eine Flasche Château Cantemerle«, sagte Müller.

»Ihr habt etwas zu feiern?«, fragte sie.

»Den Donnerstag«, brummte der Polizist und zog eine Tafel Lindt ›Passion Chocolat Amandes & Vanille Bourbon‹ aus seiner Jackentasche. Beide brachen ein Stück aus der kompakten Platte und schoben es in den Mund. Der Duft nach Milch und Mandeln verwandelte sich auf der Zunge in betörende Süße mit einem Hauch von Vanille und einer Spur Säure im Abgang. Der Wein, den Louise eben einschenkte, leuchtete dunkelrot-schwarz im Glas, kontrastierte die Schokolade mit dunklen Noten und etwas Tabak in der Nase und einem schweren Stallgeruch. Schwarze Johannisbeeren ergänzten die süßen Geschmacksnoten.

»Wie sagte schon Gustav Stresemann: Es gibt ein unfehlbares Rezept, eine Sache gerecht unter zwei Menschen aufzuteilen«, zitierte Spring. »Einer von ihnen darf die Portion bestimmen, und der andere hat die Wahl.«

Vor genau 20 Jahren, an einem Mittwochabend um 17 Uhr, hatte Heinrich eine Schauspielerin kennengelernt, deren Parfum nach Cassis gerochen hatte. Die Duftnote im Wein brachte die Erinnerung schlagartig zurück. Sie hatten sich nach dem Sex Szenen aus Michelangelo Antonionis ›Blow Up‹ angesehen, es war ihrer beider Lieblingsfilm. Allerdings musste er stets an den Holzpropeller aus dem Antiquitätengeschäft denken, wenn er später mit einer Frau zusammen war. Man könnte kalauern, es hätte ihn beflügelt, aber ehrlicherweise muss man eingestehen, dass es ihn eher verängstigte.

Die Carolina Chocolate Drops füllten in der Minimalbesetzung von Banjo, Geige, Drums und Gesang den ätherischen Raum im Bauch & Kopf mit Bluegrass und Zydeco im Stil der Goldenen Zwanziger.

Baron Biber hatte es sich inzwischen auf Heinrichs Oberschenkeln bequem gemacht. In seinem 15. Sommer hatte er abgenommen und lag deutlich länger im Halbschlaf als in früheren Jahren. Neben Bernhard Spring hatte sich Mathilda auf einen Stuhl gelegt, die Augen aufmerksam auf den alten Kater gerichtet, als ob sie ihn gleich anspringen wollte.

Der Störfahnder streckte seine Hand in Richtung der Katze aus und streichelte ihren Rücken. Mathilda schnäuzte vernehmlich, knurrte dann und schlug mit dem Schwanz.

»Finger weg!«, mahnte Heinrich.

Inzwischen hatte sich Nicole Himmel zu den beiden gesetzt und genehmigte sich auch ein Glas. »Unsere Mathilda ist wohl ein Abkömmling der Hexenkatzen«, meinte sie. »Wenn die Weiber feierten und dabei gestört wurden, lösten sie sich unter Kreischen und Miauen in Luft auf. Oder sie lagen leblos in ihren Kammern, und wenn sie jemand ansprach, erschien eine Katze, in deren Maske die Untote ihren Leib verlassen hat, um andernorts Unfug zu treiben.«

»Die Hexenkatzen waren doch schwarz«, sagte Heinrich mit einem unsicheren Blick auf die Dreifärberdame mit ihrem weißen Bauch. »Deshalb wurden diese Tiere ja verfolgt und umgebracht, stellvertretend für die Hexen.«

»Zurück zu den Wildschweinen«, sagte Spring. »Hat sich die Versicherung gemeldet?«

»Bisher nicht«, antwortete Müller. »Was habt ihr über das Opfer?«

»Die Sache ist rätselhaft. Der Mann hat allein gelebt. Wir sehen uns morgen in seiner Wohnung um, Pascale checkt gerade die Bankunterlagen. Da Dionys Brand Opfer eines Verbrechens geworden ist und nicht selbst eines begangen hat, mussten wir erst den Untersuchungsrichter überzeugen, dass uns ein Öffnen der Bankdaten weiterbringen könnte. Das dauert alles viel zu lang. Andererseits haben wir keinen Verdächtigen, sodass uns die Zeit nicht davonläuft.«

Spring hatte seinen Laptop eingeschaltet und suchte ein Video über Kindersklaven auf afrikanischen Kakao-Plantagen, das er vor Kurzem auf YouTube angeschaut hatte. Während einer der Jungen mit einer Machete in der Hand ein Schokoladenlied trällerte, rauschten im Hintergrund die Blätter der Kakaobäume. Aus Burkina Faso wurden die Kinder verschleppt und in Ghana und der Elfenbeinküste auf den Plantagen eingesetzt. Sie schlugen die länglichen, kürbisartigen Früchte von den Bäumen und schälten die weißen Kakaobohnen frei, die dann auf einem Dorfplatz geröstet wurden, bevor sie die lange Reise nach Europa antraten.

»Die großen Hersteller haben zwar ein freiwilliges Abkommen geschlossen, um Kinderarbeit zu unterbinden, aber es scheint ihnen nicht zu gelingen, denn über die Handelskette von Kleinunternehmern, die keinen Herkunftsnachweis verlangen, sickern viele Rohstoffe in die Lebensmittelkette, dessen Produktionsmethoden nicht bekannt sind«, erklärte Spring.

»Du hast dich also doch näher mit dem Tod des Zuckerbäckers beschäftigt«, stellte Nicole fest.

»Manchmal muss man die gesamten Abläufe kennen, um einen Tod zu verstehen«, sagte der Störfahnder. »Ein Straftäter hat ein grundsätzliches Vertrauen darin, zu der Gruppe zu gehören, deren Straftat nicht aufgeklärt wird. Er setzt alles daran, sich so gut wie möglich unsichtbar zu machen. Macht und Kontrolle über andere Menschen verschaffen ihm Befriedigung, die Erniedrigung seiner vorgeblichen Feinde erregt ihn. Auf dieser Ebene passen die beiden Fälle zusammen. An uns liegt es nun, die Beweise zu liefern.«

»Das sehe ich zwar ein im Fall des Mannes im Wildschweingehege, vor allem, wenn ihm der Täter tatsächlich versucht hat, das Herz herauszuschneiden«, fasste Nicole ihre Gedanken, »aber im Fall des Konditors sehe ich keine Indizien in diese Richtung.«

»Doch«, erklärte Spring. »Denk an die entwürdigende Lage des Toten. Der Zuckerbäcker ist nachweislich an einer überdosierten Menge Blausäure gestorben. Ein solcher Tod muss von langer Hand vorbereitet werden. Entweder er ist ein Selbstmörder und hat das Gift eigenhändig extrahiert, denn einfach so kaufen kann man die Substanz nicht, das wird registriert. Und es sind keine bedeutenden Mengen über den Ladentisch einer Apotheke gegangen, so viel wissen wir inzwischen.«

»Oder?«, wollte Müller wissen.

»Oder ein intelligenter und gut organisierter Serientäter nimmt Rache. Die will sorgfältig geplant sein, wird aber oft durch Nichtigkeiten ausgelöst und bringt einen langen Prozess ins Rollen.«

»Dann warten wir auf den nächsten Mord?«, fragte Nicole.

»Wenn ich das wüsste«, seufzte Spring. »An sich ist

der Feindbildmensch eine Daseinsform aus alten, überwunden geglaubten Zeiten, unwürdig der Gegenwart.«

»Der hungernde Mensch ist auch ein unwürdiger Zustand der Gegenwart«, wagte Heinrich einzuwenden und zeigte auf die Speisekarte, die Louise eben gebracht hatte.

»Was gibt es denn?«, fragte er.

Louise erklärte, was im Angebot war. Denn die Menukarte im Bauch & Kopf bestand stets aus einem einzigen Gericht, das die Köchin liebevoll kreiert hatte. »Aphrodisische Genüsse hattet ihr ja bereits mit der Schokolade, und auch der Wein wird das Seinige dazu beitragen. Nun geht es weiter mit Halluzinogenen und Opiaten.«

»Ich bin bei der Polizei!«, rief der Störfahnder entsetzt.

»Du wirst doch trotzdem Spaghetti Bolognese essen und zum Dessert einen im Portwein gelagerten Blue Stilton?«, fragte Louise.

Spring war perplex.

»Besser wären natürlich Würste«, erklärte Louise, »denn durch die reaktiven Teile der Amine im Eiweiß entstehen bei der Fleischreifung Amphetamine. Im Weizenkleber finden sich Stoffe, die den körpereigenen Endorphinen ähneln, also wie Opiate dämpfend auf körperliche Schmerzen wirken. Und im Blauschimmelkäse entwickeln sich psychoaktive Substanzen.«

»Guten Appetit«, sagte Müller und holte noch eine Flasche Cantemerle aus dem Keller.

Später am Abend lag Heinrich Müller weintrunken in seinem Bett und wartete auf Louise, die noch an der Bar beschäftigt war. Er erinnerte sich an den letzten Besuch in seinem Elternhaus. In einer abgeschrägten Dachkammer sammelten sich auf dem nackten Bretterboden und auf einem Gestell an der nachlässig getünchten Wand Erinnerungsstücke an seine Kindheit und Jugend, die er in diesem Zimmer verbracht hatte. Es blieb seine geheime Kammer, denn er war nicht auf alles stolz, was sich dort fand. Ein BRAVO-Starschnitt von Pierre Brice als Winnetou, dem der linke Unterschenkel fehlte, hing an der Wand neben einer zerrissenen englischen Fahne aus der Punkzeit. Quer durch den Raum zog sich der Draht einer Meccano-Seilbahn, deren Kabine bereits vor langer Zeit abgestürzt war. In einer Ecke fand er eine gelbe Plüsch-Giraffe mit braunen Flecken sowie zwei Unihockeybälle. Eingetrocknete Farbtöpfchen und steife Pinsel erinnerten an seine frühe Malphase. Eine Spielzeuggitarre und ein aufblasbares gelb-rotes Plastiksofa ohne Luft ergänzten das Ensemble. Auf einem schmalen Gestell lagen alte Freak-Brothers-Comics und die ersten Bände der rororo thriller in ihrem schmutzigen Gelb. Stets dieselbe Farbe, dachte er, als er sich auf das abgewetzte Sofa setzte und eines der Bücher in die Hand nahm. War ihm früher gar nicht aufgefallen.

In seinen Traum hinein platzte eine streichelnde Hand, die nach Geschirrspüler roch.

Meine Mutter?, dachte Heinrich, bevor er die Augen öffnete und im Dämmerlicht blassrote Lippen erkannte, die sich seinem Gesicht näherten.

Louise hatte sich neben ihn gelegt und betrachtete den älteren Herrn mit wachen Augen.

»Woran denkst du?«, fragte sie.

»Jugenderinnerungen«, sagte er. »Welche Gerüche und Geschmäcker verbindest du mit deiner Kindheit?«

»Tiki Brauselimonade«, antwortete sie, »die wir nicht in Wasser aufgelöst haben, sondern auf der Zunge zerplatzen ließen. Der Schaum hat den ganzen Mund ausgefüllt. Und du?«

»Die rosaroten Bazooka-Kaugummis, die ersten, mit denen man riesige Blasen werfen konnte.«

»Gala Schmelzkäse bei der Großmutter mit dem fein säuerlichen Geschmack …«

»Kutteln an Tomatensauce …«

»Spaghetti mit Fleischkäsestückchen an Tomatenpüree …«

Er schnitt ihr das Wort mit einem Kuss ab.

FREITAG, 23.9.2011

»Eine heikle Angelegenheit«, hatte die Untersuchungsrichterin noch gesagt, bevor sie den Haussuchungsbefehl für die Wohnung von Dionys Brand unterschrieb. Dabei hätte sie dies schon vor Tagen erledigen sollen, es aber aus unerfindlichen Gründen immer wieder hinausgeschoben. »Wenn Sie vor Ort Unterlagen über Bankgeschäfte finden, müssen Sie die Verhältnismäßigkeit beachten. Nicht alle Dokumente sind für Ihre Ermittlungen zweckdienlich. Sie unterliegen gegebenenfalls dem Bankgeheimnis.«

»Ich dachte, das sei bei einem Verbrechen aufgehoben«, versuchte sich Bernhard Spring aus der Schlinge zu ziehen.

»Ist aber nicht Ihr Ernst?«, erwiderte die Richterin. »Die sind allenfalls auf Antrag hin freizugeben, wenn der Ermordete der Täter in Finanzgeschäften ist. Hier haben wir es aber offensichtlich mit einem Opfer zu tun.«

»Das vielleicht im Zusammenhang mit seinen Geschäften verstorben ist«, hakte Spring nach.

Pascale Meyer hatte sich still in die Ecke auf einen Stuhl gedrückt und überließ das Reden ihrem Chef. Dafür setzte sie sich ans Steuer des Dienstwagens, als die Papiere endlich unterzeichnet waren.

»Wundert mich nur, was alles bereits unter den Tisch gekehrt worden ist, während der Haussuchungsbefehl auf die Unterschrift gewartet hat«, murrte der Störfahnder.

»Macht den Herrn Brand auch nicht wieder lebendig«, sagte Pascale und trat aufs Gas, so weit das auf der Strecke Richtung Schwarzenburg überhaupt möglich war.

Spring vertiefte sich in die Wanderkarte, die er aus seinem Büro mitgenommen hatte, 1:60.000, Berner Mittelland, rot markiert waren sämtliche offizielle Wanderwege, schwarz übermalt jene, die er bereits abgeschritten hatte. Es warteten Lücken, gerade in dem Gebiet, in das sie nun fuhren.

»Schwarzenburg, Schwarzwasser, Gutenbrünnen, Chaltenbrünnen, Gouchheit, Dürsgraben, Chligschneit und Grossgschneit, Vorder- und Hintermutten, Schwandersbüfig, Kühlewil, Guggisberg, Milken, Gantrisch, Schwefelberg, Sangernboden, Kaiseregg.«

»Was machst du da?«, fragte die Polizistin.

»Chatzenstig. Schilperschür. Isengrueben. Ich lese die Ortsnamen auf der Karte. Tönt nach Bergwerk. Noch nie davon gehört. Aber hier rechts die Grasburg. Die beeindruckendste Burgruine im Kanton Bern. Warst du schon mal dort?«

Pascale kicherte. »Als Jugendliche sind wir ein paar Mal hingefahren. Aber was wir dort gemacht haben, erzähle ich dir lieber nicht.«

Die Sorgenfalten des Störfahnders waren nicht kleiner geworden, Pascale Meyers Kleidung hingegen blieb so bunt wie eh und je. Heute trug sie einen Rollkragenpullover, der bis zu den Knien reichte, wespenartig gelb-schwarz quergestreift. Oder waren es die Farben der Berner Young Boys, die wieder mal zwischen Sieg und Niederlage lavierten und das anvisierte Saisonziel des Meistertitels aus den Augen verloren, obwohl die gegnerischen Stürmer auf dem Kunstrasen im Stade de Suisse immer noch ausrutschten? Nicht einmal mehr diesen Vorteil wussten sie zu nutzen.

Kurz vor Schwarzenburg sagte Spring: »Fahr langsam, hier muss es sein. Scharf rechts. Siehst du die Abzweigung ›Wart‹?«

Der Weg wurde schmaler und führte quer durch eine Grashalde hinunter zu ein paar Bauernhöfen. Sie hielten das Fahrzeug einen Moment an und sahen den Wegweiser zum Jakobsweg.

»Hier sind wir richtig, nur weiter.«

Pascale lenkte hügelabwärts. Vor einem ausgebauten, einsam gelegenen Bauernhaus fuhr sie auf die Einfahrt und hielt an.

»Da vorn treibt der Bauer die Kühe auf die Weide, und das Haus auf der andern Seite sieht nach Spät-Hippies aus. Also sehen wir nach«, sagte sie.

Es gab keine Hausnummer, aber abgesehen von einer einladenden Veranda mit einigen verblichenen Gartenstühlen glich das Haus nahezu einer Festung, die Fenster klein geschnitten und metallverstärkt, die Fassade abweisend, alles sorgsam verschlossen.

»Sieh dir die Tür an«, sagte der Störfahnder, nachdem die beiden aus dem Auto gestiegen waren. Offensichtlich hatte sich jemand mit schwerem Gerät am Eingang zu schaffen gemacht, denn der stand einen Spalt breit offen. Pascale wollte zur Pistole greifen, aber Spring hielt sie zurück. Er stieß die Tür mit zwei Fingern auf. Sie gab kaum nach.

»Das ist gefährlich«, sagte Pascale.

»Falls jemand nach dem Mord eingebrochen ist, dann ist er längst nicht mehr hier«, beschwichtigte Bernhard.

Drinnen knallte etwas auf den Boden und zerschellte.

Spring wich zurück, Meyer nestelte wieder an ihrem Halfter, bekam jedoch die Pistole nicht sofort zu fassen.

»Siehst du«, Spring entspannte sich. »Beinahe hättest du diese Prachtkatze erschossen!«

Zwischen ihren Beinen hindurch war ein Kartäuserkater gejagt, der sich nach dem ersten Schreck umdrehte und laut miauend seinen Kopf an ihren Beinen rieb.

»Ein Luxustier hat Herr Brand auch noch«, seufzte Pascale.

»Und es ist hungrig«, meinte der Störfahnder. »Sehen wir nach, ob wir dem abhelfen können.«

»Brauchen wir die Spurensicherung?«, fragte Pascale.

»Wenn wir keine weitere Leiche finden, gehen wir die Räume erst mal allein durch«, sagte Spring und trat in einen schmalen Flur, von dem drei Zimmer abzweigten und an dessen Ende eine Treppe in die oberen Stockwerke führte. Rechts lagen Küche und Badezimmer, offenbar war der Wasserzugang hangseitig angebaut. Beides sauber aufgeräumt, als ob der Hausherr gleich zurückkehren würde. Ganz anders bot sich der Anblick im Zimmer links dar: Wahrscheinlich ein Arbeitsraum, von unbekannter Hand durchstöbert.

»Amateure«, sagte der Störfahnder, »kein System, zufälliges Wühlen. Die wussten ebenso wenig, wonach sie suchten, wie wir. Ich verschaff mir einen Überblick, du siehst dich oben um.«

Bernhard Spring stapfte zwischen herumliegenden Büchern und Ordnern auf den Bürotisch zu. Dort lag neben einigen Schreibutensilien einfach gar nichts, noch nicht einmal Staub. Wenn hier ein Laptop gelegen hatte, war er entfernt worden, oder Dionys Brand hatte ihn in die Stadt mitgenommen. Spring bückte sich und blätterte durch einige der Ordner. Ein Finanzexperte musste sie genauer durcharbeiten, denn es ging offensichtlich um Transaktionen von beträchtlichem Wert. Die Bilanzsumme am Ende der Blätter wies jedenfalls Millionen aus.

Inzwischen war Pascale Meyer wieder heruntergekommen.

»Und?«, fragte Spring.

»Zwei sauber aufgeräumte Schlafzimmer, die Betten unberührt, daneben ein Ankleideraum. Keimfrei. Und eine Dusche. Ich bin auch in den Estrich hochgestiegen. Fast leer, bis auf einzelne Sportgeräte. Wohl ein Trainingsraum, mit Aussicht auf die Kuhweide. Wieso tut sich das jemand an? Warum leistet sich Brand kein Haus in einer Lage mit Weitsicht? Du kannst hier ja nicht mal Leute empfangen, ohne rundum beobachtet zu werden.«

»Es sei denn, sie kämen von unten, da steht nur noch ein Haus.«

»Glaubst du, die Kunden eines Bankers kämen zu Fuß aus dem Sensegraben hoch?«

»Keine Ahnung. Wir werden es überprüfen.«

Pascale blickte auf ihre neuen Sneakers in Pfirsichrosa, die sie gleich ruinieren würde, und seufzte vernehmlich. »Hast *du* wenigstens etwas Verwertbares?«

»Wir warten die Analyse der Ordner ab. Sonst nur die Abwesenheit von elektronischen Geräten.«

»Im Obergeschoss steht ein Flachbildschirm. Würde mir gefallen«, erklärte Pascale.

»Gut, wir schauen ihn noch mal an.«

Unter dem Dach war es erstaunlich hell, obwohl das einzige Fenster nach Norden ging. Die Stand-by-

Taste leuchtete rot. Mit der Fernbedienung aktivierte die Polizistin den Bildschirm. Es erschien ein voreingeschaltetes Programm. Eine wilde Reihe von Zahlen flog vorüber.

»Börsendaten«, murmelte Spring. Er suchte nach einem Empfangsgerät und wurde hinter einer Verschalung fündig. Der drahtlose Sender hing an der Südseite und war mit einer Satellitenantenne verbunden, die ins Dach eingetieft war.

»Brand war offenbar mit den wichtigsten Börsenplätzen der Welt dauerhaft verbunden. Der muss mit beträchtlichen Volumen gehandelt haben, möglicherweise auch auf eigene Rechnung.«

»Wo er nur das Geld herhatte?«, fragte sich Pascale und dachte an ihr Gehalt.

»Ich frage mich eher, wo die Computer geblieben sind, denn für die Bearbeitung umfangreicher Daten brauchst du ein leistungsfähiges Gerät. Da reicht ein Laptop nicht mehr.« Er ging in die Knie und suchte rund um den Bildschirm den Boden ab. »Da hat etwas gestanden«, sagte er schließlich. »Einige Kratzer haben die Versiegelung des Parketts verletzt.«

Die beiden traten vors Haus und wandten sich nach rechts, um kurz danach wiederum rechts in den Wanderweg einzubiegen, der als Via Jacobi oder Jakobsweg zu den historischen Routen der Schweiz gehörte. Zuerst sah es allerdings nicht nach der ehemals einzigen Verbindung zwischen Schwarzenburg und Heitenried aus, schmal verlief der Pfad entlang der Wiese, bevor ihn der Wald beinahe verschluckte, stets begleitet von einem Bächlein.

»Romantik pur«, sagte Spring, »so stellt man sich das 18. Jahrhundert vor, als die Menschen am Sonntag auf ein Stündchen aus der Stadt heraus sich in der dem Auge angenehmen Landschaft ergingen und im Wirtshaus unter ausladenden Bäumen bei einem Viertel Wein zur Ruhe kamen.«

»Autsch«, nörgelte Pascale, die eben auf ein paar Bollensteinen ausgerutscht war.

»Sei froh, dass nur etwas Moos zwischen den Steinen liegt und noch kein Laub«, meinte Spring.

»Wer verbaut denn schon Flusskiesel mitten im Wald«, moserte sie.

»Die Leute nennen dieses Straßenstück ›Römerweg‹, obwohl er aus dem Mittelalter stammt. Man musste mit dem Wagen hier durch, und dafür brauchten die Fuhrleute einen sicheren Untergrund. Ein unbefestigter Weg würde bei jedem Unwetter schlicht den Hang hinunterrutschen.«

Vor ihnen lang der eindrücklichste Teil des Sträßchens, die ›Torenöli‹, benannt nach einer alten Ölmühle unten am Fluss. Zwischen Sandsteinwänden führte eine hohle Gasse steil abwärts, der Boden sorgsam gepflastert mit quer gestellten Flusskieseln, die man in der Sense gesammelt hatte. Wo der Durchgang zu schmal war für Fuhrmann und Wagen, hatte man Trittspuren in den Sandstein gehauen, die wie kleine Treppenstufen über einen Felsblock liefen.

Pascale und Bernhard staunten.

»Das kann auch nur bis heute bestehen, weil man eine neue Straße und Brücke gebaut hat und hier nunmehr Wanderer verkehren«, erklärte der Störfahnder.

Plötzlich jauchzte Pascale auf und zeigte auf zwei Betonhüllen unterhalb der kleinen Schlucht.

»Das erkenne ich wieder«, sagte sie. »Wir sind in der Polizeirekrutenschule von Schwarzenburg her hier runtergefahren und haben Häuserkampf geübt, Geiselnahme und solches Zeug.« Darauf rannte sie die letzten Meter nach unten. »War aber wohl schon lange niemand mehr hier«, sagte sie schließlich etwas enttäuscht.

Spring nahm wieder die Karte zur Hand.

»Gut geschützt vor neugierigen Blicken ist man auf jeden Fall. Für ein klandestines Treffen ideal. Ich wette, man hat nicht mal Handyverbindung, das bedeutet, dass die Ortung aus der Luft erschwert ist. Wer etwas zu verbergen hat, ist hier gut bedient. Die Straße geht weiter ins Freiburgische über Heitenried, St. Antoni und Tafers in die Kantonshauptstadt, knappe 15 Kilometer bis zum nächsten Bahnhof mit Intercity-Anschluss, wenig Verkehr.«

»Kundschaft aus der Westschweiz?«, mutmaßte Pascale.

»Das erklärt nicht den aufsehenerregenden Mord in Bern«, überlegte Spring. »Wenn Brand hier unten ums Leben gekommen wäre, hätte man ihn womöglich noch lange nicht gefunden.«

»Was bedeutet?«

»Seine Kundschaft und sein Mörder hatten wahrscheinlich nichts miteinander zu tun.«

SAMSTAG, 24.9.2011

Das kaum gebändigte Wasser der Aare toste mit rasendem Druck über die Staustufe in der Felsenau, die quer den Fluss bremste. Ein frei liegender Stahlträger diente als Unterlage für Betonelemente, über die wiederum der Weg vom einen Ufer zum andern führte. Unter dem Wehr schlugen die Wogen in lärmenden Wirbeln zusammen und fügten sich letztlich wieder zum Strom, der sich auf seinen Weg in die Nordsee machte.

Auf der linken Seite keilte das ruhigere Wasser in einem Sammelbecken alles ein, was die Fluten angeschwemmt hatten. Hier zwirbelte ein Fuß im lila Damenschuh, dessen Bleistiftabsatz abgebrochen war, gefolgt von nackten Beinen und einem hochgeschobenen schwarzen Rock, einer Hüfte, die sich gegen das Karussell wehrte, einen Rücken, der das ganze Jahr kein Sonnenlicht gesehen hatte. Nach den blonden Haaren, verfilzt durch mikroskopisch kleine Algen, schnappte ein Schwarm Bachforellen, der bereits an Lippen und Augenlidern der Blondine geknabbert hatte. Irritierend waren die Fesselbänder um die Handgelenke, die den Körper in Position hielten. Ein magisches Ballett, wie selbst Bernhard Spring zugeben musste, nachdem er es minutenlang beobachtet hatte, bevor er die Leiche zur Bergung freigab.

Ein paar letzte Nebelschwaden flüchteten im Frühherbstmorgen vor der wärmenden Sonne, doch dem Störfahnder war es nicht nach schönem Wetter zumute. Die schwarze Galle trübte das saturnisch-melancholische Temperament, dem man früher nachsagte, es stimuliere zu Selbsterkenntnis und genialischen Gedankenflügen. Weder das eine noch das andere belästigte ihn, er versank in der nackten Verzweiflung. Nun soll ein Polizist nicht mit dem Schicksal hadern, sondern sich an die Arbeit machen, denn er ist angestellt zum Schutz der gesetzestreuen Bürger und zur Jagd nach den Bösen. Aber dass es auch das Böse an sich geben könnte und vor allem, dass es ihn in dieser sonst so ruhigen und behäbigen Stadt Bern verfolgen könnte, damit hatte er nicht mehr gerechnet. Zwar waren seine bisherigen Fälle nicht minder von verbrecherischem Elan geprägt, doch was sich hier in wenigen Tagen zusammengebraut hatte, kannte er nur aus amerikanischen Fernsehserien. Dort gab es stets ein Team von Spezialisten, das sich in all ihren Gebieten ergänzte und einen Fall seiner Lösung zuführte.

Bernhard Spring allerdings fühlte sich sehr allein. Er hatte den Blues. Daran konnte auch Pascale Meyer nichts ändern, als sie sich zu ihm auf die Bank setzte und sie gemeinsam in die Fluten der Aare starrten. Erst als die junge Kollegin ihren Arm um seine Schultern legte, erwachte der Störfahnder aus seiner Erstarrung.

»Gehen wir ins Bauch & Kopf«, flüsterte sie beinahe. »Wir brauchen die Hilfe von Heinrich und Nicole.«

»Und ein starkes Getränk«, schob er nach.

»Das Leben kehrt in dich zurück, Chef«, sagte sie bewundernd.

»Es hat sich nur kurz ausgeruht«, gab er zurück.

Die beiden ließen den Streifenwagen fahren und querten den Steg über das Stauwehr, stiegen den rampenartigen Weg durch den Uferwald hoch und gelangten in die Wylergut-Siedlung. Vor 70 Jahren sollte eine Genossenschaft günstige Wohnungen bauen, errichtete jedoch hauptsächlich Einfamilienhäuser mit schmucken Gärten für Beamte.

Über den Häusern arbeitete man am Felsenau-Viadukt der Autobahn, um die gröbste Lärmbelästigung zu eliminieren. Als Trennung zum angrenzenden Nordquartier diente seit jeher die Eisenbahnlinie, auf der die Züge von Westen, Norden und Süden in den Hauptbahnhof einfuhren oder ihn verließen.

Am Wylerbad vorbei gelangten Spring und Meyer in das ehemalige Industriegebiet Wankdorf, das neue Dienstleistungszentrum der Stadt. Wo früher das Schlachthaus dem Getier ein unrühmliches Ende bereitete, feierte man heute im Musical-Theater ›Ewigi Liebi‹. Sie passierten ein spanisches Restaurant im Parterre eines Hochhauses, einen Pizza-Lieferservice und überquerten bei einem Tankstellenshop die Wylerstrasse, ließen den Tierarzt von Baron Biber rechts liegen und aßen keine Eiscreme im Lluna Lena. Sie eilten an Denner, Post, Brillengeschäft und Coop vorbei und fanden sich mit einigen Schweißtropfen auf der Stirn in ihrem Stammlokal wieder.

Das Bauch & Kopf hatte zu dieser frühen Morgenstunde gerade erst geöffnet, Louise wusch das Geschirr vom Vorabend. Allerdings waren sie nicht die ersten Gäste. In einer Ecke tuschelten die Drei Grazien, gegenüber las Annika Imhasly die Samstagsbeilage der Zeitung.

»Heinrich noch nicht aufgestanden?«, brummte Spring. »Ist doch schon zehn.«

Louise unterbrach das Gläserwaschen, Annika senkte die Zeitschrift, die Mädchen schwiegen, denn in den Worten des Störfahnders schwang etwas Bedrohliches mit.

»Es ist Samstag«, wandte Louise ein. »Er kommt bestimmt bald zum Kaffee.«

»Hol ihn!«, befahl der Störfahnder. »Egal in welchem Zustand.«

»Ist etwas passiert?«, fragte Annika besorgt.

»Samstagmorgen«, brummte Pascale. »Reicht das nicht?«

»Man wird ja noch fragen dürfen.« Sie wandte sich schmollend wieder ihrem Magazin zu.

»Bestimmt ein Schönheitschirurg«, sagte Phoebe Helbling. »So tot, wie er nur sein kann.«

»Woher willst du das wissen?«, fragte Melinda Käsbleich.

»Er hatte keine Gelegenheit mehr, der Polizistin die Falten wegzuspritzen.«

Melinda doppelte nach: »Eher ein Gynäkologe. Der verschreibt Östrogen.«

»Er sorgt dafür, dass die Frauen die Wechseljahre verpassen«, ärgerte sich Gwendolin Rauch.

»Mädels, redet über etwas, von dem ihr was versteht«, wies Louise sie zurecht.

»Ich hab's euch gesagt«, flüsterte Gwendolin so, dass alle es hören konnten, »es mangelt an Hormonen.«

Louise reichte zum Kaffee eine Tafel Schokolade.

»Herbstspezialität, aus der Migros«, sagte sie. Es war eine Milchschokolade mit Vermicelles. »Traumhafter Schmelz. Du wirst sehen. Schmeckt euch bestimmt.«

Tatsächlich beruhigte die süße Edelkastanienfüllung die beiden Polizisten ein wenig.

Endlich erschien auch Heinrich Müller. Allerdings sah man ihm den unausgeschlafenen Detektiv noch an.

»Gehört zum Berufsbild«, erklärte er, nachdem sich Pascale über seine übernächtigte Erscheinung lustig gemacht hatte. »Was treibt *euch* denn zu nachtschlafender Zeit in die Gegend?«

»Drei Mal darfst du raten«, sagte Spring.

»Mord, Mord, Mord«, witzelte Müller.

»Genau!«, spuckte der Störfahnder.

»Ist nicht dein Ernst?«, meinte Müller und erbleichte.

»Eine junge Frau«, flüsterte Pascale. »Im Felsenauwehr hängen geblieben.«

»Dienstlich«, sagte Spring, als sein Handy läutete und er auf das Display schaute.

In der Gaststube hätte man eine Nadel fallen hören.

»Lisa Zurflüh?«, fragte der Störfahnder nach, bevor er erkannte, dass er zu allen gesprochen hatte.

»Die kenn ich«, sagte Annika und ließ die Zeitung sinken.

»Ist nicht wahr«, nölte Phoebe, »woher denn?«

»Mädels, macht euch keine Gedanken«, sagte Bernhard, »das ist nur eine Bewerberin für das Sekretariat. Nicht herumerzählen.«

Dann bedeutete er Pascale und Heinrich, ihm nach oben in die Räumlichkeiten des Detektivbüros zu folgen.

»Ich glaub ja nicht, dass sie die Stelle kriegt«, meinte Gwendolin.

Im zweiten Stock fanden sie endlich die Ruhe, die sie brauchten.

»Niemals laut reden, hast du mir beigebracht«, sagte Pascale.

»Der Name wird am Montag in den Zeitungen stehen«, entschuldigte sich Spring. »Ist mir rausgerutscht. Das Büro hat mich benachrichtigt. Es gibt eine Vermisstenanzeige, die auf die Tote passt. Es müsste also diese Person sein.«

»Mehr ist noch nicht bekannt?«, fragte der Detektiv nach.

»Nein. Ich bin froh, dass wir bereits einen Namen und eine Adresse haben. Sie haben eine Streife und den Schlüsseldienst geschickt, man erwartet uns in einer halben Stunde. Und wo hat sie gewohnt?«

»Nicht schon wieder Ratespiel«, wehrte sich Müller.

»Im Wylergut.«

Am Sustenweg wartete bereits ein Streifenwagen am nächst stehenden Eckteil der Reiheneinfamilienhäuser. Hinter einem Blumenbeet gelangte man über eine Treppe aus Schieferplatten zur Eingangstür mit gelblichem Glaseinsatz, über die ein viel zu kleines Regendach montiert war. Rote Fensterläden bildeten die einzigen Farbtupfer der Fassade.

»Es ist niemand da«, sagte die Beamtin. »Es steht auch nur der Name der Gesuchten auf dem Klingelschild.«

»Danke. Aufmachen«, befahl der Störfahnder dem Schlüsseldienstmitarbeiter, der sich anschließend zurückzog.

Die Besatzung des Polizeiwagens flankierte inzwischen mit entsicherten Pistolen den Hauseingang und unterhielt die Nachbarschaft, die solche Einsätze nur aus dem Fernsehprogramm kannte und entsprechend nahe beim Geschehen sein wollte.

Spring kümmerte sich nicht um die Inszenierung und spazierte zur Enttäuschung des Publikums mit Meyer und Müller wie ein Besucher in die Wohnung.

»Ein Polizeieinsatz dient heute eher der Sensationsgier als der Ermittlung von Tatbeständen«, seufzte er, als sie im Korridor standen.

»Nur die Honorare bleiben hinter dem Filmgewerbe zurück«, beklagte sich Pascale.

Sie begaben sich im Gänsemarsch durch die ebenerdigen Zimmer, Küche, Essecke und Wohnraum, stiegen über die enge Treppe ins obere Stockwerk, wo sie ein Bad und zwei als Schlafzimmer gedachte Räume betraten, von denen der eine als Büro eingerichtet war.

»Ich glaube, ich habe noch nie eine derart aufgeräumte Wohnung gesehen«, sagte Heinrich beeindruckt.

»Ein bisschen steril«, störte sich Pascale. »Da wohnt sicher keine Frau. Nicht mal eine Bluse liegt rum. Entweder hat die Dame eine Putzneurose, oder jemand hat hinter ihr aufgeräumt.«

»Der Mörder wird's nicht gewesen sein«, bemerkte Spring, »denn dafür hatte er einfach nicht genug Zeit. Außerdem wäre er aufgefallen. Man kann hier ja kaum einen Schritt machen, ohne beobachtet zu werden.«

»Also Neurose«, schloss die Polizistin. Dann trat sie zum Schreibtisch und sagte: »Schaut mal, wie putzig. Da steht sie mit ihrem Freund beim Juwelier.«

Spring nahm ihr das Foto aus der Hand. »Das ist doch Dionys Brand, unser erstes Opfer«, erklärte er. Er betrachtete den Mann in den Vierzigern mit den graumelierten Haaren und einem Paar Geheimratsecken, der vor einer Auslage mit Eheringen stand und in seinem gepflegten Anzug wie vor dem Standesbeamten wirkte. Daneben das fröhliche Gesicht der Lisa Zurflüh, strahlende Augen hinter einer dunklen Hornbrille, den Ringfinger zur Anprobe einem Mann entgegengestreckt, den man nur im Halbprofil sah.

»Die suchen sich Ringe aus«, staunte Pascale.

»Wir haben also ein zukünftiges Ehepaar«, sagte Spring. »Die Dinge fügen sich zusammen.«

SONNTAG, 25.9.2011

»Die Braut ist in ihrer Grundlage ein Reservoir von Liebesbenzin.«

»Sagt wer?«, wunderte sich Louise, als sie das Bier an den Tisch brachte, wo Heinrich Müller und Nicole Himmel saßen und über verschiedenen Schriftstücken brüteten.

»Marcel Duchamp. Das Große Glas«, entgegnete Heinrich, »von 1912 bis 1923 in Arbeit, unvollendet. Auf Französisch heißt es ›La mariée mise à nue par ses célibataires, même‹, ein auf Glas gemaltes, hochkomplexes Werk.«

»Hat wohl nicht mal der Künstler richtig verstanden«, schnödete Nicole. »Außerdem ist das Glas zerbrochen.«

»Das ist 1916 passiert«, erklärte der Detektiv. »Auf Englisch heißt es ›The Bride Stripped Bare By Her Bachelors, Even‹.«

»Und auf Deutsch?«, fragte Louise.

»›Die Braut, von ihren Junggesellen entblößt, sogar‹«, ergänzte Müller. »Von den Junggesellen in der unteren Glashälfte steigt ein von Eros-Maschinen generiertes Gas in die obere Hälfte zur mariée, das sie in einen Schwebezustand zwischen Jungfrau und Frau versetzt.«

»Das wolkige Gebilde mit den Löchern soll eine Jungfrau sein?«, zweifelte Louise. »Da habe ich aber anderes gesehen ...«

»Duchamp meint weiter: ›Die Braut akzeptiert diese Entkleidung durch die Junggesellen, da sie den Funken der elektrischen Entkleidung durch das Liebesbenzin liefert; mehr noch, sie verhilft zu einer völligen Nacktheit, indem sie dem 1. Funkenherd (elektrische Entkleidung) den 2. Herd der Funken ihres Magneto-Verlangens beifügt.‹«

»Ich verstehe kein Wort«, sagte Louise und beugte sich über das Buch, das Heinrich in Händen hielt. Darin war das Kunstwerk abgebildet.

»Sieht eher aus wie eine Schokoladenreibe«, meinte sie dann, »das Gebilde unten im Glas.«

»Damit sind wir beim Punkt«, sagte Müller. »Ich glaube nämlich, dass die von dieser Mühle erzeugten Gase Schokoladendüfte sind und das darin enthaltene Theobromin als Aphrodisiakum wirkt. Schließlich haben schon die Azteken das Getränk, das sie Xocolatl nannten, als berauschendes Lebensmittel betrachtet, das nur von Priestern, Soldaten oder für ein Opfer vorgesehene Personen getrunken werden durfte – keinesfalls von Frauen oder Kindern.«

»V'lan!«, sagte Nicole.

»Wie bitte?«, ärgerte sich Louise, »noch ein Kunstwerk?«

»Das sagt Bichette, Walter Serners ›Tigerin‹. Die

›absonderliche Liebesgeschichte‹ erschien 1925, vielleicht war sie von Duchamp inspiriert? Die erotischverbrecherische Atmosphäre passt jedenfalls.«

»Schokolade aber haben sie nicht gegessen?«, fragte Heinrich.

»Ich glaube nicht. Ich weiß noch nicht mal, ob es Krimis gibt, in denen Schokolade vorkommt.«

»Filme schon«, sagte Louise. »›Chocolat‹ mit Juliette Binoche und Johnny Depp, ›Charlie und die Schokoladenfabrik‹, auch mit Johnny Depp. Ist wohl abonniert auf das Thema.«

»Charly stammt aus einem Kinderbuch von Roald Dahl«, ergänzte Nicole.

»Du hast doch bald alle Schweizer Krimis aus den letzten hundert Jahren gelesen«, sagte Müller. »Da ist nirgends Schokolade dabei? Kaum zu glauben.«

»Manchmal übersieht man, was eigentlich auf der Hand liegen sollte. Ich habe mich in letzter Zeit um den frühen Georges Simenon bemüht, der ja Friedrich Glauser stark beeinflusst hat«, antwortete sie. »Anfang der Dreißigerjahre ist in den Krimis viel mehr getrunken worden als heute. Georges Simenon lässt seinen Kommissar Jules Maigret unter den Schiffern und Treidlern am Seine-Marne-Kanal in einem Sumpf von Whisky, Kümmel und Rum ermitteln, während in den Kneipen ganztags Weiß- und billiger Rotwein in Strömen fließt. Maigret begnügt sich meist mit einem Glas Bier, einem demi. In ›Maigret und der gelbe Hund‹ genehmigt er sich einen doppelten Pernod, ›dieser Kopie eines Absinthes‹.«

»Es ist die Methode, die Maigret zu seinen Ergebnissen verhilft, das Erkennen der Atmosphäre, in der sich ein Verbrechen abspielt«, dozierte der Detektiv.

»Simenon selbst sagt über seine Figur: ›Aber sein Körperbau war grobschlächtig. Er wirkte übergroß und knochig. Harte Muskeln zeichneten sich unter der Jacke ab und zerbeulten schnell seine neuesten Hosen ... Er trat auf wie ein geschlossener Block ... Die Pfeife war zwischen die Zähne genietet.‹ Vielleicht wollte er mit diesem Verhalten im Grunde seinen Hang zur Gewöhnlichkeit, sein Selbstvertrauen zu erkennen geben?«

»In Zeiten von Viclas und Virtopsy, DNA-Analyse und Profiling eine hilflose Methode«, meinte Müller. »Für einen Detektiv aber immer noch der sympathischste Ansatz, sich einem Verbrecher zu nähern.«

Nicole zitierte ein weiteres Mal: »›Er glich einem Menschen, der von einer langen Reise zurückkehrt und die vertrauten Orte mit neuen Augen betrachtet.‹«

»Das ist ein vernünftiger Gedanke. Zurückkommen und alles mit neuen Augen betrachten«, sagte Heinrich.

»Sollten wir«, sagte Nicole. »Gestern habe ich in einer Buchhandlung nach Werken über Schokolade gefragt. Eine Dame zeigte mit dem ausgestreckten Finger auf ein paar Bände im Regal und zog angewidert die Luft durch die Nase. Ich kam mir vor, als ob ich mich nach der Pornoabteilung erkundigt hätte. Gegenüber stand das Gestell mit den Ladenhütern – was für ein schöner Beruf übrigens! Von dort habe ich ein paar Werke mitgebracht. Neben Natur- und Wanderführern für den exzentrischen Einzelgänger möchte ich euch von Lucy Miller und Henry Kaufmann empfehlen: ›Endlich wieder Single!‹«

Heinrich griff nach einem Buch, ›Denkmäler, von denen Sie lieber nichts gewusst hätten‹, und blätterte durch die Seiten, auf denen einige geschmackvolle Plaketten abgebildet waren: ›Hier wurde der Erfinder der rezyklierbaren Windeln geboren‹ oder ›In diesem Haus starb der Gastronom, der uns Würstchen in Dosen geschenkt hat‹.

Frauke Tiefgangs ›Warum Männer rückwärts einparken und ob Frauen darüber nachdenken‹ stand neben ›Leben am Abgrund – Ratschläge für die Pubertät‹, von Horst Schmalgeld aus eigenen schmerzlichen Erinnerungen gesogen. ›Die Mädchenschlächter‹ von Bob Black schilderte weniger die Jagd nach einem Serienkiller, sondern ausführlich den Akt des Schlachtens. ›Terror ohne Ende‹ war die verschärfte Version für Eltern von Kindern in der Trotzphase, während die Adressaten von ›Friss dich fett!‹ und ›Ungesund kochen‹ sowie ›Mit Körpersprache ins soziale Abseits‹ von Rita Melk eher in der Beraterszene zu finden waren.

»Und was soll uns das bringen?«, erkundigte sich Louise.

»Wir müssen die ganze Geschichte vom Kopf auf die Füße stellen«, erwiderte Nicole.

»Du meinst«, fragte Heinrich, »wir sollten den Blickwinkel umkehren, das Negative sehen?«

»Eher so: Manchmal erkennt man seine Feinde besser als seine Freunde. Jedenfalls ist die Beschreibung präziser, bei Freunden ziert man sich eher.«

»Der Mörder ist aber doch kein Freund«, warf Louise ein.

»Nein, aber Routine, was sich vielleicht noch schlimmer auswirkt«, sagte Nicole.

»Wie also gehen wir vor?«, wollte Heinrich wissen.

»Wir betrachten jedes einzelne Opfer mit den Augen des Täters, überlegen, was es zu seinem Feind gemacht hat und wie wir dies am Tatort feststellen können. Nehmen wir die Tote von gestern, Lisa Zurflüh.«

»Da waren wir nicht am Tatort«, wandte Müller ein, »nicht einmal in der Wohnung.«

»Richtig. Dafür haben wir den Blick frei. Wir wissen: Sie wohnt im Wylergut, eine behäbige, gutbürgerliche Umgebung. Sie wird kaum von einem Wildfremden bei einem Aarespaziergang gefesselt und ins Wasser geworfen worden sein. Jemand hat sie runter an den Fluss gelockt oder sie sogar dorthin begleitet.«

»Was hat Bernhard erzählt?«, überlegte Müller.

»Mit Stricken die Hände, möglicherweise auch die Beine festgebunden, hat sich dann losgerissen und ist mit dem Wasser im Stauwehr gelandet. Ausgerechnet im kleinen Bassin mit dem Rechen? Wenn die Strömung sie mitgerissen hätte, wäre sie mitten im Fluss in den Sog geraten und über die Staustufe gespült worden.«

»Das heißt«, spann Nicole weiter, »Lisa wurde nicht irgendwo in die Aare geworfen, sondern der Täter hat sie im Rechen deponiert, damit die Polizei sie bald findet.«

»Es sind ihm also ein paar Dinge wichtig. Erstens soll man schnell sehen, wie er handelt und dass er nicht zögert. Zweitens hat er die Frau zumindest kampfunfähig gemacht, bevor er die Hände gefesselt hat, das heißt er hat ein überlegtes Vorgehen, es steckt Planung dahinter. Drittens besitzt dieses spiralige Wirbeln im Wasser eine ästhetische Dimension, es ist sozusagen ein Kunstwerk, er will seine Feindin ausstellen, den Blicken der Öffentlichkeit preisgeben, ihr die Würde nehmen.«

»Dann könnte es auch eine Frau getan haben«, schloss Nicole. »Spontan, aber mit einer lange gärenden Wut im Bauch, und auf Dekoration bedacht. Mal sehen, was der Störfahnder dazu meint.«

»Die Vorgehensweise«, mischte sich Louise ein, »ähnelt der beim Mann im Schweinegehege.«

»Das stimmt«, fuhr Nicole weiter. »Dieselben Elemente: spontanes Handeln, aber mit gezielter Vorbereitung, immerhin hatte die Täterin oder der Täter ein scharfes Messer dabei. Die Schaustellung. Wobei mir dazu wenig Ästhetisches einfällt.«

»Vielleicht ist die Person gestört worden«, gab Louise zu Bedenken. »Sie musste sich verstecken und konnte ihren Plan nicht zu Ende führen. Wer weiß, was sie mit dem Herzen gemacht hätte, wenn sie es hätte rausschneiden können. Vielleicht auf eine Stange gesteckt, so wie der Schweinekopf in ›Herr der Fliegen‹.«

Heinrich meldete sich zu Wort: »Dann passt aber der Zuckerbäcker nicht ins Muster. Weder war sein Tod besonders ästhetisch noch öffentlich, höchstens bei der Vorbereitung und der spontanen Handlung könnte man Parallelen finden.«

»Möglicherweise haben wir zwei Täter«, wandte Nicole ein. »Immerhin war die Wut auf den pickligen Jüngling nicht so groß, dass es als aggressiver Akt rüberkommt. Es ist eher ein stiller Tod, mit einer gewissen Melancholie, etwa, als ob man nicht anders hätte handeln können und es einem leidtue.«

MONTAG, 26.9.2011

Bernhard Spring hatte sich in Müllers Büro eingefunden, denn er hatte Heinrich und Nicole per E-Mail die Berichte der Spurensicherung und der Gerichtsmedizin übermittelt und wollte nun wissen, was die beiden davon hielten. Das Dokument zu Lisa Zurflüh gab Auskunft über ein geplantes Verbrechen, denn jemand hatte die junge Frau mit einem kantigen Gegenstand bewusstlos geschlagen. Durch einen Kopfschwartenriss war viel Blut ausgeflossen, das vom Wasser restlos weggespült worden war. Dennoch musste am Ort des Verbrechens noch etwas zu finden sein. Ein genaues Absuchen der Aareufer wurde empfohlen.

Dann hatten die Täter Lisa gefesselt, und zwar nicht bloß an den Handgelenken, wo man die groben Hanfstricke vorgefunden hatte, sondern auch an den Knöcheln. Dort war das Seil losgerissen. Denkbar, dass man die Frau an einen Baumstrunk gebunden in den Fluss geworfen hatte, wo sie von den Fluten so lange hin und her gerissen worden war, bis sich der Knoten löste. Demnach müsste man auch die Reste des Seils finden.

»Die Kornhausbrücke ist bei Selbstmördern sehr beliebt«, wandte Heinrich ein. »Aus 40 Metern Höhe springen sie runter und klatschen rechts und links vor den Schülern auf den asphaltierten Wegen auf. Ein unschöner Anblick. Nun sind die beiden Seiten der fast 400 Meter langen Brück mit Netzen gesichert, nur die Mitte bleibt frei.«

»Wenn sich jemand dort runterstürzt, landet er direkt in der Aare und wird auf schnellstem Weg bis zum Stauwehr gespült«, sagte Spring.

»Lisa Zurflüh hatte sich also vorher selbst gefesselt?«, fragte Nicole.

»Um ein Auftauchen endgültig zu verhindern?«, überlegte Müller. »Aber im Bericht der Rechtsmedizin würden bestimmt Verletzungen erwähnt, die bei einem solchen Sturz, freiwillig oder unfreiwillig, entstanden wären. Vom darunter, nur wenig über dem Wasser liegenden Altenbergsteg hingegen könnte sie ins Wasser gestoßen worden sein.«

»Die Brücke ist aber sehr gut einsehbar «, wandte Nicole ein.

Der Rechtsmediziner Dr. Augsburger gab zu bedenken, dass die Tat spätnachts geschehen sein musste, denn die Spazierwege beidseits der Aare waren derart oft begangen, dass es bei Tageslicht aufgefallen wäre, wenn sich ein Körper im Wasserstrudel gedreht hätte. Es kamen nicht viele Orte infrage, an denen Bäume direkt am Wasser standen. Meist begann die Bewaldung der Aarehänge erst hinter dem Weg. Es gab ein paar kräftige Gewächse beim Gassner-Areal unterhalb der Lorrainebrücke. Möglich wäre auch ein Festbinden am Geländer des Pfads, der um das Lorrainebad herumführte. Dort hätte ein am Strick befestigter Karabinerhaken genügt.

»Hat schon jemand nachgeschaut und etwas gefunden?«, fragte Heinrich Müller.

»Ja und nein«, antwortete der Störfahnder. »Ich bin mit Pascale den ganzen Weg von der Untertorbrücke abgeschritten, sie links, ich rechts in Fließrichtung. Nirgends ein Seil. Entweder ist es mit Lisa Zurflüh abgerissen, oder der Täter hat es später wieder entfernt.«

»Braucht es viel Kraft, das Opfer anzubinden?«, fragte Nicole.

»Wenn sie die Frau von hinten niederschlagen und am Boden fesseln konnte, eigentlich nicht. Dann hätte sie Lisa Zurflüh nur noch anbinden und ihr einen kräftigen Stoß geben müssen. Allerdings ist das für eine Täterin der Idealfall. Normalerweise muss man mit dem Widerstand des Opfers rechnen.« Nun erzählte sie dem Störfahnder ihre gestrigen Überlegungen.

»Das hat einiges für sich«, sagte er nach reiflichem Nachdenken, »aber es könnte sein, dass ein Körper nicht mit dem Strom mitgerissen, sondern wegen des Auftriebs sozusagen dem Ufer entlanggeschleift wird.«

Das rechtsmedizinische Gutachten im Fall Dionys Brand brachte wenig neue Erkenntnisse. Es stellte über das bereits Bekannte hinaus lediglich fest, dass:

a) die Schnittkanten unterhalb des Brustbogens von einem scharfen Gegenstand bewirkt worden waren,

b) ein Messer als wahrscheinlichstes Tatwerkzeug galt,

c) der Schnitt von einem Amateur verursacht worden war (zackige Ränder, Absetzen beim Schneiden, als ob eine zurückhaltende Hand die Tatwaffe geführt habe),

d) der Schnitt nicht tief genug war, um eine Organentnahme durchzuführen,

e) DNA einer unbekannten Person aufgefunden worden war, die aber nicht notwendigerweise vom Täter stammen musste (Blutstropfen, weibliche DNA).

Beim Zuckerbäcker hatte die Spurensicherung das Bittermandelöl sichergestellt, offenbar selbst hergestellt aus Mandeln und Aprikosenkernen. Es fanden sich auch Bestände von Eisensulfat und Calciumhydroxid sowie ein Destillierkolben, der von Resten des ätherischen Öls beschlagen war.

Nicht klären ließ sich die Frage, ob Philipp Wüthrich eine tödliche Menge zu sich genommen hatte, ob bei der Destillation Fehler passiert waren, die zu einer erhöhten Konzentration geführt hatten, oder ob eine andere Person die Zusammensetzung verändert hatte. Man hatte weder Fingerabdrücke von Fremden noch Hinweise auf die Anwesenheit weiterer Menschen am Tatort gefunden.

Nicole Himmel zog sich in ihre Wohnung im Dachgeschoss zurück. Bereits in den letzten Tagen hatte sie versucht, ein Täterprofil zu erstellen, eine Anstrengung, die zu keinem sichtbaren Resultat geführt hatte. Sie litt an der Unsicherheit, ob sie es mit einem oder zwei Tätern zu tun hatten, denn nicht alle Tatorthinweise ließen sich auf dieselbe Art deuten. So hatte Nicole mehrmals wieder von vorn begonnen, und alles, was blieb, war ein unbestimmter Verdacht gegen den Lehrer, der seiner Klasse ein Gesprächsprotokoll aus dem Zweiten Weltkrieg vorspielte.

Zu wenig, um damit Heinrich zu beeindrucken oder gar eine polizeiliche Aktion auszulösen, denn der Mann war nie in der Nähe eines Tatorts gesehen worden. Was Nicole überhaupt veranlasste, ihn in die Liste der Verdächtigen aufzunehmen, war seine obsessive Beschäftigung mit der Nazizeit. Sie musste jedoch einräumen, dass selbst bei einem präzisen geografischen Profiling ein Wohnsitz in der Stadt Bern für einen konkreten Verdacht nicht genügte. Vielleicht würde sie bald mehr wissen, denn die Drei Grazien hatten sich zu Besuch angekündigt.

Wie bei einer jungen Katze richteten sich Nicoles Ohren bei jedem Geräusch nach der Schallquelle aus, als ob sie den Ursprung der ungewohnten Töne ausfindig machen wollten. Dabei war es nur Nicoles Hypernervosität, die sie ständig mit den Fingern knacken ließ. Es gab bestimmt eine medizinische Erklärung dafür, die das Geheimnisvolle ihres Verhaltens zunichte gemacht hätte. Selbst die beste Schokolade der Welt hätte heute nicht geholfen, Nicole zu beruhigen.

Sie schaute aus dem Fenster. Beim Nachbarn stand der Lieferwagen eines Brockenhauses. Eben wurde ein Plastik-Bettgestell in der Form und den Farben eines Ferrari-Rennwagens auf die Ladefläche gehoben. Dann läutete es an der Wohnungstür Sturm, als ob die Entrümpler bei ihr etwas Lebensmüll abholen wollten.

Melinda Käsbleich, Gwendolin Rauch und Phoebe Helbling enterten in dieser Reihenfolge Nicoles Wohnung und ließen sich gar nicht erst in die bequemen Sessel bitten, die im Wohnzimmer herumstanden.

»Wo ist der Prosecco?«, fragte Phoebe.

»Haben wir etwas zu feiern?«, wollte Nicole wissen.

»Dass wir im Unterricht aufmerksam zugehört haben«, sagte Gwendolin.

»Wir haben die Informationen, die du brauchst«, ergänzte Melinda. »Lukas hat das Uralt-Tonband von Herrn Ullmann digitalisiert. Allerdings konnte er keine Marker setzen, also musst du auf der Zeitanzeige deines Geräts nachschauen, bis zu welchem Punkt du beim Hören bereits gekommen bist.«

»Herr Ullmann hat nichts dagegen?«, fragte Nicole.

»Er weiß nicht, dass Lukas die Datei gespeichert und mehrere Kopien davon gezogen hat.«

Nicole überlegte gerade, ob sie etwas zu den Urheberrechten sagen sollte, als Melinda auf der Suche nach der CD ihren wichtigsten Besitz aus einer blauen Plastiktüte mit dem Signet der Freiwilligen Feuerwehr Niederscherli auspackte: einen Kamm aus Schildkrötenpanzer, einen Briefbeschwerer mit eingeschlossenen Briefmarken, überreicht von der Philatelie-Abteilung der Post – Nicole stellte sich vor, die Briefmarken seien prähistorische, in Bernstein eingeschlossene Ameisen –, ein von der Forschungsanstalt für Rhythmisches Leben gefertigtes Metronom und ein paar ähnlich unwiederbringliche Dinge.

»Das schleppst du immer mit dir rum?«, fragte Nicole erstaunt.

»Das verstehst du nicht«, antwortete Melinda. »Das sind Tauschgegenstände, die dem ewigen Kreislauf des Warenverkehrs entzogen sind. Indem sie mich täglich begleiten, bekommen sie ein Fluidum, das als Vermittler meiner Person mit den Geistwesen anderer Menschen in Austausch tritt.«

»Was für ein Schmarren«, seufzte Gwendolin. »Dafür fehlen ihr Lippenpomade und eine vernünftige Creme. Ein Hohelied auf die Pickel der Pubertät und andere Hautunreinheiten.«

»Was sagt eigentlich dein Fluidum zu Herbert Ullmann?«, wollte Nicole wissen.

»Harmloser Spinner«, meinte Gwendolin.

»Kein Mörder?«

Alle drei prusteten los.

»Dem tränen die Augen, wenn nur schon der Wortbestandteil ›krieg‹ irgendwo vorkommt«, sagte Phoebe.

»Das ist doch die beste Voraussetzung für einen Hang zur Rache«, verteidigte sich Nicole.

Melinda schnödete: »Es braucht aber nicht viel für die Arbeit in einem Detektivbüro.«

Nicole fühlte sich plötzlich alt, und als die Mädchen ihre Wohnung verlassen hatten, fiel sie in eine unerklärliche Depression.

Am Abend bat sie Heinrich Müller zu einer Aussprache.

»Ich höre auf«, sagte sie.

»Womit?«, fragte er zurück, obwohl er die Antwort bereits kannte.

»Tagelang renne ich nun Spuren hinterher und versuche aus all dem schlau zu werden, und ich komme auf keinen grünen Zweig. Ich hab es mit Profiling versucht, aber immer, wenn mir eine Lösung vor Augen schwebt, wird sie von den neusten Ereignissen überholt. Ich habe den Eindruck, stets einen Schritt zu spät zu kommen. Es ist frustrierend.«

»Keine Chance, dass du deine Entscheidung überdenkst, wenn du ein paar Tage Pause einlegst?«, fragte der Detektiv.

»Nein«, antwortete sie. »Ich muss mich neu orientieren, will mit meiner Ausbildung als Anthropologin etwas anfangen, vielleicht eine Feldforschung irgendwo am andern Ende der Welt.«

Müller blieb stumm.

»Ach, ich weiß nicht«, fuhr Nicole weiter. »Seit Leonie nicht mehr hier wohnt, hat sich so vieles geändert. Du bist unzufriedener, auch wenn du jetzt offenbar Louise an deiner Seite hast. Die Zusammenarbeit mit Bernhard und Pascale wirkt distanzierter. Und ich habe mich sogar so weit verrannt, dass ich den Lehrer, Herbert Ullmann, für den Mörder hielt. Es macht einfach keinen Spaß mehr.«

»Du hast einen melancholischen Anfall«, konstatierte Müller.

»Kein Wunder. Die Welt ist ein einziges Menschenexperiment, ein Umerziehungslager in großem Stil. Denn was würde die Menschheit tun, wenn man sie ließe? Fressen, Saufen, Vögeln, faul an der Sonne liegen, und dann das Ganze wieder von vorn. Wie die Bonobos, Schimpansen und Gorillas. Zwischendurch mal ein kleineres Äffchen jagen, dann wieder … Und was machen die Menschen heute? Sie werden jahrzehntelang ausgebildet, um Bling-Bling zu produzieren und Kühe zu Brei zu zerstampfen, das als Gehacktes durch die Kulturen geistert, sie werden erzogen, um sich dann debile Talkshows reinzuziehen und sich bei Fußballspielen die Köpfe einzuschlagen, sie werden Schönheitschirurgen, Guides für Risikosportarten, Drogendealer und Menschenhändler, Dopingspezialisten und Aktienhändler. Dann doch lieber Fressen, Saufen, Sex und faul an der Sonne liegen.«

»Und die Lehrer?«, wollte Heinrich wissen.

»Ach, die Lehrerinnen und Lehrer … Sie sind Opfer und Täter zugleich. In der Ausbildung und an regelmäßig stattfindenden Fortbildungskursen werden sie konditioniert, auf das gerade vorherrschende Gesellschaftsmodell eingeschworen. Dann lässt man sie allein vor 20 Pubertierenden und sie werden wieder zum kleinen Rebellen, der vor allem im Lehrerzimmer einmal laut werden kann. Aber dann denkt er daran, dass er ja die Hypothek für das Häuschen noch abbezahlen muss, und verkriecht sich in sein inneres Rückzugsgebiet. Ansonsten erklären sie zehnmal das Gleiche, gerne auch jedem individuell, was sie selbst und vor allem die Schüler nervt, die aber ohnehin selten zuhören, weil sie grade eine SMS schicken, die Testaufgaben für ihre Kollegen aufs Handy kopieren, die Zehennägel begutachten oder über den nächsten Bling-Bling-Kauf nachdenken müssen und darüber, wer das Geld dafür abdrückt. Wenn's übel wird, zitiert man die Eltern, die eigentlich in unsinnigen Tätigkeiten damit ausgelastet sind, obiges Geld für die Folgen des quartalsweisen Vögelns zu beschaffen. Alles ist gesagt, nichts hat sich geändert. Und die wichtigsten Tätigkeiten werden nicht unterrichtet.«

»Du meinst Fressen, Saufen, Sex und faul an der Sonne liegen?« Müller lächelte.

»Das hast *du* gesagt. Nicht, dass es nachher wieder heißt, ich wüsste alles besser!«

Nicole hatte sich ihren Frust von der Seele geredet und Heinrich ratlos zurückgelassen. Sie hatte sich ein letztes Mal einen Zickzack-Scheitel in ihr kastanienbraunes, schulterlanges Haar gezogen. Sie machte ein paar Schritte auf die Kasernenwiese zu, die hinter ihrer Häuserzeile lag und wo die letzten Sonnenstrahlen auf einen abendlichen Genießer warteten. Niemand sollte die Tränen sehen, die sich aus Nicoles Augen übers Gesicht stahlen, denn mit der Arbeit in der Detektei Müller & Himmel ging ein aufregender Abschnitt ihres Lebens zu Ende.

Traurig dachte sie an einen Reisebericht, den sie kürzlich gelesen und für sich ergänzt hatte. ›Man macht verschiedene Erfahrungen an Wirtshausschildern im Lauf eines zu häufiger Einkehr verurteilten Lebens: Vielleicht dass unsre Enkel einstmals in Sesenheim ein stattlich Wirtshaus ›Zur Friederike und zum Goethe‹ oder bei Wetzlar eine Brauerei ›Zum Werther und zur Lotte‹ oder in Bern eine Spelunke ›Chez Lucy und Henry‹ vorfinden; die Nachwelt hat verschiedene Formen, sich vergangener Liebe zu erinnern.‹

Nicole sah aus, als würde sie gerade darauf warten, dass eine Böe durch ihr Haar fuhr und ihr das Rauschen des Universums ein Lächeln auf die Lippen zauberte. Aber der Wind musste erst ein paar liegen gebliebene Styroporbecher über den verlassenen Platz treiben. Ihr Haar konnte warten. Nicole drehte dem Wind ihren Rücken zu und beschloss, in Zukunft alles, was nach Wetter aussah, zu ignorieren.

DIENSTAG, 27.9.2011

Nun saßen sie wieder alle da. Im Lehrerzimmer. Vor 200 Jahren wären sie als Ältestenrat durchgegangen, als Gremium der Weisen. Falls sie die 50 Jahre überhaupt erlebt hätten, denn im Durchschnitt waren die Menschen mit 40 Jahren verstorben, und falls sie die 50 doch erlebt hätten, waren sie gebrechlich und oft gezeichnet von Krankheiten, Infektionen, Unfällen.

Herbert Ullmann seufzte laut und vernehmlich und erklärte zur Überraschung der Anwesenden: »Eigentlich geht es uns gut. Die Entwicklung ist positiv. Weiter so!« Dann versank er in Gedanken an das bevorstehende Treffen, während er sich auf die nächste Stunde vorbereitete.

›Sie haben mich gefragt, wann mir zum ersten Mal Zweifel gekommen sind an der Richtigkeit der theoretischen Basis des Naziregimes. Ja, Zweifel. Zweifel, ob das alles richtig war, was man uns erzählt hat … Gelegentlich hat man Zweifel gehabt, aber man hat sich selten große Gedanken gemacht. Der Begeisterungstaumel der Deutschen lag in der ständigen Organisiertheit und in den Kriegserfolgen. Da hat kein Schwein mehr danach gefragt, was überhaupt richtig und was falsch war. Erst mit den Niederlagen in der Sowjetunion, besonders nach der Schlacht von Stalingrad, mit dem Verlust der afrikanischen Kolonien, da sind Zweifel in der Bevölkerung und in der Armee aufgekommen. Solange man siegreich ist, stellt man keine Fragen.

Kadavergehorsam. Wir hatten zu gehorchen, so wie man's in der Kindheit gelernt hat, in der Hitlerjugend, so war das auch im Krieg. Ich weiß nicht, ob dieses Denken heute noch in Deutschland irgendwie versteckt vorhanden ist, denn Demokraten, ich bezweifle, dass die Deutschen jemals Demokraten werden, wie man das hier in der Schweiz kennt, es sei denn, es vergehen einige Generationen.

Jedenfalls, nach meiner Begnadigung kam ich wieder in eine Feldstrafgefangenenabteilung, da war ich also gleich weit wie vorher. Wiederum schickte man mich in den Raum der westlichen Ukraine. Wir pickelten Schützengräben aus der gefrorenen Erde, litten Hunger und wurden schmaler und schmaler, nur selten gab es in einem Haushalt eine Tasse dünnen Tee, der uns wenigstens ein bisschen gewärmt hat. In der Gegend von Ananjiw, etwa 150 Kilometer nördlich von Odessa, haben wir in einem Dorf kampiert, Unterschlupf gefunden in einem Haus. Dort lag ich quer vor der Ausgangstür. Unmittelbar neben mir an der Schwelle lag noch ein Kumpel von mir, Alois Bauer. Ich war schon seit einiger Zeit mit ihm zusammen. Wir haben uns damals gut verstanden, auch wenn wir nicht viel miteinander geredet haben.

Jedenfalls sollten wir am Morgen auf dem Dorfplatz zum Appell erscheinen. Wir beide aber ergriffen die günstige Gelegenheit und schlichen uns in ein Haus am Rande der Siedlung. Man hat uns freundlich aufgenommen, denn die Leute wussten: Wenn sie bereits Soldaten im Haus hatten, wurden sie in Ruhe gelassen, wurden nicht geplündert. Da sind wir geblieben, bis wir von den Soldaten nichts mehr gehört haben. Hier hat Alois zu erzählen begonnen, Geschichten, die ich lieber nicht gehört hätte. Er hatte sich freiwillig zum Dienst gemeldet, um seinem Vater zu entkommen, der als SS-Sturmbannführer an den Plünderungen von jüdischen Haushalten in Dortmund beteiligt gewesen war. ›Du glaubst nicht, was er alles nach Hause geschleppt hat‹, sagte Bauer eines Tages, um gleich wieder zu verstummen.

Bald haben wir uns aufgemacht Richtung Westen, sind tagelang gelaufen. Wieder kamen wir in ein Dorf, wieder hat uns eine Frau in ihr Haus hereingewinkt. In dem Dorf waren aber keine Soldaten, das war nicht das gleiche Spiel wie am anderen Ort. Und dennoch sind wir reingegangen. Wir waren bis auf die Haut durchnässt, es hat fürchterlich geregnet. Es war vormittags, gegen 10 Uhr, am 2. April 1944. Kurz darauf traten russische Soldaten ins Haus. Das war der Beginn meiner sowjetischen Kriegsgefangenschaft.‹

Leicht niedergeschlagen fanden sich die Drei Grazien im Bauch & Kopf wieder.

»Zu viele Hausaufgaben?«, fragte Louise, als sie ihnen eine Cola Light servierte.

»Ullmann stresst uns mit Geschichte«, sagte Gwendolin.

»Hat es denn vor eurer Geburt schon eine Welt gegeben?«

»Lenk nicht ab, das Leben ist schwer genug«, antwortete Phoebe, und Melinda kaute still an ihren Fingernägeln. Dann setzte sich Heinrich zu ihnen.

»Im Prinzip funktioniert Geschichte wie in der Gegenwart, nur in der Vergangenheit«, sagte Melinda, nachdem sie mit Kauen aufgehört hatte.

»Wie soll ich das verstehen?«, fragte der Detektiv.

»Es funktioniert wie mit den Paralleluniversen«, erklärte Gwendolin. »Pass auf. Es ist wie mit den Blasen im Bierschaum. Du musst dir vorstellen, jede sei ein Universum für sich. Wir leben in einer davon, und um uns herum befinden sich unzählige weitere, in Größe und Form verschiedene.«

»Was hat das mit Geschichte und mit der Schule zu tun?«, wollte Müller wissen.

»Solange die Blasen nichts miteinander zu schaffen haben, existieren sie völlig unabhängig und unbemerkt voneinander. Sollten sie sich aber berühren, gibt es einen Crash, eine Explosion, was weiß ich, es passiert einfach etwas Schreckliches.«

»Wie der Zweite Weltkrieg«, ergänzte Phoebe.

»Oder ihr und die Geschichte«, sagte Heinrich.

»Genau.«

»Aber in der Schule lebt ihr ja nicht unbemerkt nebeneinander«, stellte Müller fest.

»Du hast keine Ahnung von der Dynamik eines Schulhauses. Da ist Bierschaum harmlos dagegen. Wie die einzelnen Blasen besteht eine Schulanlage aus einem komplizierten Konglomerat aus unterschiedlich großen und bedeutenden Gebäuden, die in unterschiedlichen Zeiten aus unterschiedlichen Gründen gebaut worden sind. Die Einzelteile bilden ein unübersichtliches Ganzes, im Laufe der Jahre durch Verbindungs- und Ergänzungsteile mit Gängen und Türen so gut wie möglich zusammengeführt.«

»Diesen Gegebenheiten haben sich die verschiedenen Schülergruppen angepasst«, erklärte Gwendolin. »Sie markieren ihren Bereich mit nur ihnen und ihren Rivalen sichtbaren Zeichen, in Holzrahmen eingebrannte Zigarettenlöcher, auf Toilettentüren mit Filzstift gezeichnete Kreise, am Boden eingetrockneter Speichel, Merkmale eben, die der Putzwut des Reinigungspersonals entgehen oder schnell wieder neu gesetzt werden können.«

»So versammeln sich die tamilischen Jungs vor der Eingangstür, wo alle Mädchen aus ihrem Heimatland durchgehen, und schauen sich nach einem um, das zu ihrer eigenen Kaste passen würde.«

Melinda berichtete: »Die Mädchen und Jungs aus den Freikirchen lärmen in einer Ecke und behaupten, dass sie ein Lied für Jesus komponieren würden.«

»Am andern Ende des Gangs stehen die wenigen Punks gelangweilt an der Wand, weil sie hier nicht einmal rauchen dürfen«, ergänzte Gwendolin, um dann weiterzufahren: »In der Ecke des Innenhofs haben sich die Hip-Hopper ihre Kapuzen über die Köpfe gezogen und wippen rhythmisch zur unhörbaren Musik aus ihren iPods.«

»Über all dem schwebt Herr Ullmann mit seinem Kassettenrecorder«, seufzte Melinda, »aus dem er uns eine gruselige Lebensgeschichte aus dem Zweiten Weltkrieg abspielt.«

»Technik von gestern«, sagte Phoebe, »Unglück von vorgestern.«

»Und der Zuckerbäcker? Kennt ihr den?«, fragte Müller unvermittelt.

»Der aus der Zeitung?«, fragte Melinda. »Von dem ihr nicht wisst, ob es ein Selbstmord war?«

»Genau den.«

»Nein«, antwortete sie. »Also nicht direkt. Wir kennen natürlich Bérénice. Von der sagt man, sie habe etwas mit ihm gehabt. Das glauben wir allerdings nicht. Aber es gibt Gerüchte.«

»Welcher Art?«, wollte der Detektiv wissen.

»Kommt drauf an, was dabei rausspringt«, sagte Gwendolin.

»Vielleicht ein Glas Wasser?«, fragte Müller. »Damit eure Kalorienbilanz nicht zu stark strapaziert wird …«

»Mann, hast du ein Glück, dass wir auf dieses Lokal angewiesen sind«, entgegnete Phoebe. Dann erzählte sie: »Man sagt, der Zuckerbäcker sei überraschend zu viel Geld gekommen.«

»Was nicht erklärt, weshalb er sich umgebracht haben soll«, meinte Heinrich.

»Wenn nicht klar ist, wie er zu diesem Geld gekommen ist …«, deutete Phoebe an.

»Man sagt weiter«, ergänzte Gwendolin, »es habe etwas mit dem Tod des Bankers zu tun.«

»Die Polizei hat aber kein Geld gefunden, nichts Bares und auch keine Konti, auf denen er es zwischengelagert haben könnte.«

»Kann sein, dass er es erst erwartet hat und dass es dann doch nicht eingetroffen ist«, vermutete Melinda. »Vielleicht ist es noch unterwegs. Jedenfalls bringt es ihm kein Glück mehr.«

»Wem bringt Geld schon Glück«, seufzte Gwendolin. »Wenn man zu viel davon hat, wird es nur zur Last. Du hast doch wenigstens genug in der Tasche, dass du uns allen ein Feierabendbierchen spendieren kannst.«

»Jetzt, da wir deine Ermittlungen entscheidend vorangetrieben haben«, ergänzte Phoebe.

MITTWOCH, 28.9.2011

»›… und obwohl es tausend und mehr Arten von Glück zu geben scheint, gibt es für das Wort *Glück* keine Mehrzahl …‹«, führte der Referent mit den Worten Erwin Strittmatters in seinen Vortrag ein.

Aber auch nicht für Unglück, dachte Bernhard Spring, sonst hätte es für seinen Gemütszustand mehr als einen Begriff gebraucht.

»Die Schweizer haben weltweit den höchsten Schokoladenkonsum, nämlich knapp zwölf Kilogramm pro Kopf und Jahr, das macht 120 Tafeln im Jahr, also 2,3 Tafeln pro Woche oder eine Dritteltafel pro Tag«, fuhr der Referent weiter.

Wenn Schokolade also glücklich machte, dann waren die Schweizer das glücklichste Volk auf der Erde!

»Das Glück erstreckt sich leider nicht bis zu den Produzenten des Rohstoffs Kakao. Während der Baum ursprünglich aus Südamerika kam, wird heute in Westafrika, insbesondere in der Elfenbeinküste und in Ghana, mehr als die Hälfte der weltweiten Ernte eingefahren. Kakao ist das Beispiel einer Kulturpflanze, die den langen Weg über die Ozeane angetreten hat und heute in allen tropischen und subtropischen Zonen verbreitet ist.«

Spring dachte an diesem milden Abend im Altweibersommer, an dem sie alle im Vortragssaal des Käfigturms saßen, nicht etwa an die Gefangenen, die früher in diesen kalten Gemäuern der Folter unterzogen worden waren, sondern an ihre Leidensgenossen in Afrika. Er dachte an wacklige Videofilme, die an den bedeutendsten Kunstmessen der Welt gezeigt wurden, unscharfe, bewegte Bilder von afrikanischen Vorstädten, von Markttagen auf staubigen Straßen und von Handwerkern, die es nicht in die Kinos und Fernsehprogramme schafften.

Im Vorraum kreierte Cäsar Schauinsland einen Palast aus Konfiseur-Schokolade, die er als Couverturen bei Felchlin im schwyzerischen Ibach abgeholt hatte. Er hatte eben die Mauern fertiggestellt. Nun ging es an die Feinarbeit. Türmchen, Veranden und Balkone waren gefragt, filigrane Strukturen wollten mit flüssigem Marzipan gegossen und Dachziegel mit dunkler Schokolade aufgetragen werden.

»Die Kakaofrucht ist ein sensibles Geschöpf, aber in der Wertschöpfungskette eben nur ein Rohstoff, für den die Bauern unzureichend bezahlt werden. Nach wie vor ist Kinderarbeit an der Tagesordnung.«

Tagesordnung, seufzte Phoebe Helbling, wenn sie das schon hörte, dann kamen ihr zuerst einmal alle Möglichkeiten in den Sinn, schnell an viel Geld zu kommen. Das bedeutete, eigentlich gar keine.

Melinda Käsbleich hingegen dachte an den Fehlschlag ihrer Traubendiät und daran, dass es eigentlich gegen die Menschenrechte verstieß, wenn man sie in ihrem Zustand mit einem Vortrag über Schokolade quälte.

Gwendolin Rauch überlegte gar nichts.

»Die Verarbeitung des Kakaos erfolgt in den Herstellungsländern der Endprodukte, also hauptsächlich der Trink- und Essschokolade. Dafür sind weitere Rohstoffe notwendig, unter anderem Zucker, aber auch Gewürze wie Zimt, Koriander, Pfeffer oder Kardamom.«

Heinrich Müller dachte an Leonie, Nicole und Louise, irgendwie die Gewürze seines Lebens, exotisch und scharf und süß wie die Tage, die er mit ihnen verbracht hatte.

Cäsar war inzwischen mit dem Hauptgebäude fertig. Es stellte nun für alle sichtbar das Grandhotel Giessbach am Brienzersee dar. Nun war er mit dem berühmten Wasserfall und der Standseilbahn vom See hoch zum Hotel beschäftigt.

Pascale Meyer erinnerte sich an Gelüste auf Lindt-Goldhasen und auf im Mund zerplatzende Pralinés mit Füllung, Rum, Kirsch und Absinthe, sie war da weniger wählerisch.

»Der einzige Rohstoff, den die Schweiz zur berühmten Schokolade beisteuert, ist die Milch, meist in Form von Milchpulver. Leider haben sich die Produktionsbedingungen für die Bauern in den letzten Jahren auch in den Bereich des Drittweltniveaus bewegt.«

Louise Wyss dachte an Barock-Bauerngärten im Emmental, an Springbrunnen, einen blauen Himmel und Alpweiden mit glücklichen Kühen.

Der Referent schloss mit einem weiteren Zitat von Strittmatter: »›Was der Mensch nicht kennt, das entbehrt er nicht. Ich kannte kein Weizenbrot, ich kannte keine Schokolade, und ich verspürte keinen Appetit auf sie. Ach, es gibt so wenige echte, aber so viele unechte Bedürfnisse.‹«

Cäsar hatte sein Wunderwerk eben fertiggestellt, als die Zuhörer aus dem Vortragssaal nach nebenan strömten und sich um das Konditorenkunstwerk versammelten. Er drückte einen Schalter, und das Schlosshotel erglänzte von innen heraus in einem unwirklichen Licht, während es auf den Schokoladenpalast Puderzucker schneite.

Die Menschen waren entzückt und gerührt und vergaßen darob bereits wieder die Produktionsbedingungen der Rohstoffe. Dies auch, weil der Vortragende freudestrahlend mit einem Tranchiermesser in der Hand zur Dekonstruktion des Kunstwerks schritt. Genüsslich zerstückelte er die sorgsam aufgebaute Arbeit. Nachdem das Hotel Giessbach zum Sturm freigegeben worden war, dauerte es wesentlich kürzer als bei jeder mittelalterlichen Burg, bis die Grundmauern geschleift waren. Anders als bei Steinmauern blieb von den Schokofundamenten lediglich ein klebriger Rest auf einem Tisch übrig, den die Verantwortlichen mit der deutlichen Mahnung zur Verfügung gestellt hatten, ihn sauber zurückzugeben, da er als Büromöbel genutzt würde. Heute Abend war all dies vergessen.

Nur einer vergaß nicht, dass er noch etwas zu erledigen hatte. Cäsar Schauinsland flüsterte zu Pascale Meyer: »Wir treffen uns am Sonntag. Ich will dir etwas weitaus Brisanteres zeigen.«

DONNERSTAG, 29.9.2011

Das Erste, was Heinrich Müller in Bernhard Springs Büro auffiel, war ein seltsamer Gegenstand, der auf dem Schreibtisch lag.

Der Störfahnder, der Müllers Blick registriert hatte, sagte: »Ich habe es auf einem Flohmarkt gefunden. Es stammt aus den Dreißigerjahren.«

Der Detektiv starrte auf das Objekt und wartete auf weitere Erklärungen.

»Es ist das Gummimodell eines Kuheuters und war wohl für die Ausbildung von Melkern gedacht.«

Das Euter lag sozusagen auf dem Rücken. Eine der vier Zitzen hatte die Jahrzehnte nicht überstanden. Es erinnerte an den Resttorso einer Dreibrüstigen. Jedes Mal, wenn einer der Polizisten so tat, als ob er den Kuhbusen zur Hupe zweckentfremden wollte, und auch die dazugehörigen Geräusche lieferte, blätterte ein wenig von der brüchigen Farbe ab.

»Du kannst mir wieder deine Aufmerksamkeit schenken«, sagte Spring. »Wir haben zu tun.«

»Die Beweislage ist dürftig, Motive sind kaum ersichtlich …«, begann Heinrich.

Bernhard ergänzte: »… und die Liste der Verdächtigen ist kurz.«

Der Störfahnder nahm ein Buch vom Tisch, schlug

eine Seite auf, auf der er etwas angestrichen hatte, und zitierte Tanizaki Jun'ichiro: »›Wir sind der Meinung, Schönheit sei nicht in den Objekten selbst zu suchen, sondern im Helldunkel, im Schattenspiel, das sich zwischen Objekten entfaltet. Gerade wie ein phosphoreszierender Stein, der im Schatten glänzt, aber bei Tageshelle jeglichen Reiz als Juwel verliert, so gibt es, glaube ich, ohne Schattenwirkung keine Schönheit.‹« Dann ergänzte er: »Die Frage ist nun: Welchen Schatten wirft welche Person? Wer hält sich in ihrem Schatten auf?«

»Die beiden Morde, an Brand und der Zurflüh, müssten zusammengehören«, sagte der Detektiv.

»Weil sie ein Paar gewesen sind? Haben wir wenigstens dafür einen Beweis? Das Foto besagt vorerst nur, dass sich die beiden gekannt haben und vielleicht verlobt waren. Na gut. Es reicht ja aus, wenn es der Täter geglaubt hat …«

»… die Täterin! Denk an unsere Ermittlungsmethode.«

Bernhard Spring schüttelte den Kopf und ergänzte: »Dafür kommt diese Annika Imhasly infrage, die im Bauch & Kopf verkehrt.«

»Bloß weil sie die Zurflüh gekannt hat?« Müllers Zweifel waren unüberhörbar.

»Ich sag ja: Beweislage unklar, Motiv gleich null. Sie ist einfach die Einzige, die die Bekanntschaft mit einem Opfer zugegeben hat.«

»Sie hat gesagt, dass sie den Namen schon mal gehört habe, dass sie die Frau kennt«, gab Heinrich zu bedenken, »mehr nicht. Ein wahrhaft schlechtes Motiv für zwei Morde.«

»Kann sein. Aber irgendwo müssen wir ansetzen.«

»Du vergisst diese Schülerin«, gab der Detektiv zu bedenken, »die muss dem Zuckerbäcker zumindest begegnet sein. Vielleicht war da noch mehr.«

»Möglich, aber nicht überzeugend«, brummte Bernhard.

»Nicole hat den Lehrer ins Spiel gebracht. Ich sehe da allerdings keinen Zusammenhang, da nichts auf den Zweiten Weltkrieg hindeutet.«

»Wieso Zweiter Weltkrieg?«, fragte der Störfahnder.

»Herbert Ullmann interessiert sich für Geschichte. Der Grund für die Morde mag in der Vergangenheit liegen.«

»Befragt die Toten der Großen Kriege«, deklamierte Spring höhnisch, »denn sie kennen alle Geheimnisse. Passt immerhin zu den Schatten.«

»Wir haben also Annika Imhasly, Bérénice Moser und Herbert Ullmann zur Auswahl«, sagte Heinrich.

»Und Philipp Wüthrich, aber der ist ja schon tot. Nicht gerade die Verdächtigenliste, über die sich der Untersuchungsrichter freut. Wir müssen uns nochmals gründlich um das Umfeld der Verstorbenen kümmern«, sagte Spring. »Ich schlage vor, wir teilen uns auf. Was ist eigentlich mit Nicole. Warum ist sie nicht mitgekommen?«

»Keine guten Neuigkeiten«, seufzte Heinrich. »Sie hat den Dienst aufgekündigt. Die Detektei Müller arbeitet in Zukunft ohne Himmel.«

Der Störfahnder starrte ihn lange an. Dann erst ergriff er das Wort: »Man müsste ein regenerierendes Material erfinden, eines, das Lücken füllt und seelische und körperliche Verletzungen heilt.«

»Mit den seelischen ist es schwierig«, sagte Müller. »Aber sonst existiert dieses Wundermittel bereits. Es nennt sich Wasser. Eigentlich funktionieren alle Flüssigkeiten so. Darin sind die Moleküle dicht gepackt, sie nähern sich so weit an, dass sie alle Ungleichheiten eliminieren.«

»Das bedeutet, man muss ein Material erhitzen, bis es flüssig wird, und dann repariert es sich selbst?«

»Im Prinzip ja. Wenn man Pech hat, trennen sich die Moleküle. Aber normalerweise änderst du bereits beim Verflüssigen die Form.«

»Also nicht geeignet für die Behandlung von Stich- und Schusswunden.«

Müller lachte. »Da hast du noch das zusätzliche Problem, dass die zerstörte Grundform außerordentlich komplex war. Und die für die Verflüssigung notwendige Temperatur übersteigt diejenige, bei der ein Körper überlebt.«

»Man müsste die Methode ja nur im betroffenen

Gebiet anwenden. Mit Blut funktioniert es. Das ist ebenfalls nicht im gesamten Organismus verteilt, sondern arbeitet in den dafür vorgesehenen Bahnen.«

Müller meinte: »Ein geniales Konzept. Ich schlage uns schon mal für den Nobelpreis vor. Denn was folgt aus unseren Überlegungen? Der Mensch forscht einfach zu wenig!«

»Oder in die falsche Richtung. Er investiert nach wie vor mehr in die gegenseitige Zerstörung als in die gemeinsame Heilung.«

»Mehr Sex, weniger Gewalt!«, deklamierte Heinrich.

»Manchmal folgt das zweite aus dem ersten«, sagte Spring resigniert. »Ich habe einen Termin bei der SCBI, der Swiss Credit Bank International. Geh du zu Bérénice Moser. Ich gebe Pascale Bescheid, dass sie dich begleiten soll. Wir treffen uns in zwei Stunden am Haus von Lisa Zurflüh.«

Das Gebäude in der oberen Berner Altstadt sah von außen nicht wie eine Bank aus, jedenfalls nicht wie eine mit Publikumsverkehr, nicht für Leute mit Lohnkonti. Der Direktor eilte persönlich zum Haupteingang, nachdem sich Bernhard Spring am Empfang vorgestellt hatte.

»Hauser«, sagte der Mann knapp und gab ihm die Hand, die leicht zitterte.

Die beiden A, dachte Spring, Angst oder Alkohol.

»Wir sind eine Privatbank für gehobene Kundschaft«, sagte Hauser, als sie in seinem Büro standen.

Der Störfahnder schaute sich neidisch um.

»Ein bisschen mehr Platz als bei der Polizei«, sagte der Direktor mit einem Lächeln, das ihn etwas entspannter wirken ließ. »Sie verstehen, dass wir bezüglich unserer Kunden …«

»Ja«, sagte Spring. »Diskretion. Geschenkt. Mich interessieren Fakten.«

»Wie Sie meinen.«

»Konnten Sie die Transaktionen auf dem Computer von Herrn Brand zurückverfolgen?«

»Sicher«, erklärte Hauser. »Es sind alles erstklassige Investments im Interesse unserer Kunden. Da ist nichts Auffälliges. Wir machen keine Geschäfte mit Immobilien- oder Hedgefonds. Unsere Kundschaft hat einen größeren Zeithorizont.«

»Welches sind denn die beliebtesten Anlagen?«, fragte Spring.

»Hochwertige Industrieaktien, Banken, Versicherungen, Staatsanleihen.«

»Nicht alle davon haben in den letzten Jahren Erfolge gebracht«, wandte der Störfahnder ein.

»Nein. Aber in einem ausgewogenen Portfolio erträgt es einzelne Ausrutscher. Unsere Kundschaft setzt nie auf eine einzige Karte.«

»Wirklich gar nichts Verdächtiges?«, wollte Spring wissen.

»Nun …«, Hauser zögerte. »Es gibt eine Datei, die wir nicht genau einordnen können. So weit wir festgestellt haben, werden darauf keine Kundendaten verwaltet.«

»Aber es geht um Geld?«

»Um viel Geld«, sagte der Direktor.

»Also um Brands privates Vermögen?«

»Kann ich mir nicht vorstellen. Er verdient zwar gut mit all den Boni, die er für seine Erfolge kassiert, aber so gut auch wieder nicht, dass er mehrere Millionen verzocken könnte.«

»Sie haben die genauen Daten?«, fragte der Störfahnder erstaunt.

»Leider nicht. Wir sehen nur, wann er in welche Werte investiert hat. Das sind Warenterminbörsen, Rohstoffe, Gold. Da steigt unsereiner nicht mit ein paar Tausend ein. Bei diesen Transaktionen ist es aber sicherer, wenn sie über eine Bank laufen. Deshalb hat Brand wohl unseren Namen missbraucht.«

»Sie meinen, es könnten noch andere Geschäfte vorliegen?«

»Es gibt viele Gelegenheiten, Geld anzulegen. Das meiste können Sie von zu Hause aus online erledigen«, erklärte Hauser. »Wenn Sie beispielsweise einen großen Betrag in viele kleine Teilbeträge stückeln, können Sie auf verschiedenen Onlinebanken gleichzeitig tätig sein, ohne aufzufallen. Im Warentermingeschäft hingegen werden derart bedeutende Summen umgeschlagen, dass Sie dafür Sicherheiten brauchen. Sonst steht plötzlich ein Güterzug mit mehreren tausend Tonnen Kakao vor Ihrer Wohnungstür.« Hauser lachte herzhaft, er fand die Vorstellung offenbar köstlich.

»Wieso gerade Kakao?«, fragte der Störfahnder.

»Eine Kontraktgröße beträgt zehn Tonnen. Wenn Sie mit steigenden Kursen rechnen, kaufen Sie heute möglichst viele Kontrakte, damit Sie die Ware nach der Ernte teurer verkaufen können. Natürlich handeln Sie den Kakao nicht physisch, sondern nur an der Börse. Irgendwer muss ihn aber letztlich doch kaufen. Wenn Sie also falsch gepokert haben und der Preis sinkt, dann nimmt Ihnen niemand mehr die Ware ab und Sie erleiden womöglich einen Totalverlust.«

»Das ist passiert?«

»Kann sein. Die Elfenbeinküste ist der weltgrößte Kakaoproduzent. Seine Produktion ist jedoch während des Bürgerkriegs zusammengebrochen und erst langsam wieder angestiegen. Nach den Präsidentschaftswahlen 2010 kam es erneut zu bürgerkriegsähnlichen Zuständen. Vielleicht hat Brand in diesem Zusammenhang auf steigende Kakaopreise gesetzt.«

»Und was ist geschehen?«

»Seit dem Frühling 2011 ist mit der Machtübernahme von Herrn Ouattara Ruhe eingekehrt, die Produktion läuft auf vollen Touren, die Preise sinken.«

»Das wäre der Totalverlust.«

»Ich schätze, dass es so gekommen ist«, sagte Hauser resigniert.

»Sie vermuten also, dass es das Geld von jemand anderem war, aber Sie wissen nicht, von wem«, stellte Spring fest.

»Richtig.«

»Warum?«

Hauser räusperte sich. »Nun. Es geht um einen unnatürlichen Todesfall. Da kann ich Ihnen diese Information wohl mitgeben, ohne mich strafbar zu machen: Es hat nach dem Tod von Dionys Brand jemand Zugriff auf sein Konto gehabt.«

»Wie das?«, fragte der Störfahnder.

»Jemand hat über das Passwort verfügt. Wir haben es leider zu spät gemerkt. Jetzt hätten wir das Problem im Griff.«

»Hätten?«

»Nun …«, Hauser machte keinen glücklichen Eindruck. »Das Konto ist leer. Zweieinhalb Millionen.«

»Und wo ist das Geld?«

»Cayman Islands. Undurchdringliches Bankgeheimnis. Keine Chance!«

Heinrich Müller und Pascale Meyer trafen Bérénice Moser zu Hause an.

»Keine Ferienpläne?«, wollten die Polizisten von der jungen Frau wissen, deren Gesicht heute besonders scharfkantig wirkte.

»Pffft …«, sagte diese. »Wohin ohne Kohle?«

»Aber für wilde Partys reicht's?«, fragte Müller.

»Da zahlen ja auch die Jungs.«

»Philipp hat mit seinem Leben bezahlt«, sagte Pascale. »Das finde ich etwas teuer.«

»Ich weiß ja auch nicht, warum er sich diesen Cocktail gemixt hat. Er war halt schon ein bisschen ein Sonderling.«

»Sie haben nicht den Eindruck, dass jemand nachgeholfen haben könnte?«, wollte Müller wissen.

»Den Wüthrich ermordet haben?« Bérénice war verdutzt. »Wieso das denn?«

»Eifersucht?«, sagte Meyer.

»Auf wen?«

»Auf dich.«

»Ich habe mit dem Clown doch nichts gehabt«, entrüstete sie sich, kam jedoch sofort zur Besinnung. »Entschuldigung. So sollte ich nicht über einen Toten reden.«

»So sollten Sie über Ihre Bekannten reden, die allenfalls einen Grund gehabt hätten, Wüthrich an den Kragen zu gehen«, meinte der Detektiv.

»Na ja. Markus Schaad steht auf mich, aber der käme doch nie im Leben auf die Idee, dass ich und Philipp …« Sie stockte. »Halten Sie es für möglich?«

»Wir halten prinzipiell alles für möglich. Aber dieser Markus müsste schon Zugang zur Bäckerei gehabt haben.«

»Keine Chance. Da lässt der Wüthrich keinen rein, der ihm nicht seit hundert Jahren bekannt ist.«

»Und einen älteren Verehrer hast du nicht?«, fragte Pascale. »Zum Beispiel Herrn Ullmann?«

Trotz der traurigen Umstände prustete Bérénice los. »Der Weltkrieg-Herbert? Ausgerechnet! Er hat uns wohl irgendwie gemocht, auf eine zurückhaltende, beobachtende Art. Aber der Mann ist über 50. Der ermordet doch keinen Zuckerbäcker wegen einer platonischen Verehrung!«

»Und du selbst?«

Bérénice wurde blass.

Die beiden trafen den Störfahnder am Sustenweg.

»Wir müssen wissen, wo Lisa Zurflüh gearbeitet und mit wem sie regelmäßig Umgang gehabt hat. Schwärmt aus. Jeder übernimmt mindestens zwei Nachbarn. Die Tür zur Wohnung steht offen. Wir treffen uns in der Küche.«

Die Befragungen gingen rasch vonstatten, die Ergebnisse waren übereinstimmend. Lisa Zurflüh hatte als Schmuckverkäuferin gearbeitet.

»Und zwar in dem Geschäft, wo das Foto mit Dionys Brand aufgenommen worden war«, berichtete Pascale Meyer.

»Aber sie hat die letzten paar Monate zu Hause verbracht«, ergänzte Müller.

»Das deckt sich mit meinen Angaben«, sagte Spring.

»Ich habe bereits telefoniert. Frau Zurflüh sei auf eigenen Wunsch gegangen. Aber man hat durchblicken lassen, dass man darüber nicht unglücklich war. Genaueres wollte der Geschäftsführer am Telefon nicht sagen.«

»Sie hat Schmuck gestohlen oder Geld unterschlagen …«, überlegte Heinrich.

»… oder sich mit den falschen Kunden eingelassen. Zum Beispiel mit unserem Banker«, schloss Pascale.

»Also schaut sie sich nicht unbedingt mit ihrem Verlobten den Ring an, sondern mit ihrem Komplizen«, überlegte Spring.

»So wenig Geld hatte Brand dann doch nicht besessen, dass er Ringe stehlen musste«, sagte Müller.

»Er nicht, aber sie«, spekulierte Meyer. »Möglicherweise gab es Mitwisser oder Mittäter.«

»Jetzt brauchen wir nur noch Brands Laptop, um zu sehen, wessen Geld wohin geflossen ist, und schon haben wir unsere Verdächtigen«, sagte Spring sarkastisch.

»Mehr Schatten als Licht!«

FREITAG, 30.9.2011

Herbert Ullmann kam nicht wieder. Er hatte die Klasse vor der großen Pause verlassen und den Schülern erklärt, er sei gleich zurück. Aber es dauerte. Der Gong läutete das Ende der Stunde ein. Die Tür blieb geschlossen. Die Füße wurden unruhig, hier und da flog ein Fetzen Papier oder das Bruchstück einer Kreide durch den Raum. Niemand erschien. Die Stimme von Alois Bauer erstarb in der lange erwarteten Pausenfröhlichkeit. Schließlich stand Kevin, der Klassensprecher, schwerfällig von seinem Stuhl auf und stellte den Kassettenrecorder ab.

Der Lärm dauerte an, über die Unterbrechung hinaus. Herbert Ullmann erschien nicht mehr zum Unterricht. Nach einem Dutzend Minuten siegte die Neugier, der Wunsch nach dem Ende der mühseligen Geschichtsstunde über die Disziplin und die Trägheit. Kevin bewegte sich, ihm folgte Heidi, die andern wurden plötzlich still.

Sie begegneten niemandem. Unterwegs zum Hauptgebäude der Schule war keiner zu sehen, selbst auf dem Weg ins Sekretariat wartete Ullmann nicht auf sie. Niemand wusste, wo er verblieben war. Die Klasse bekam eine Freistunde zugestanden. Der Jubel war verhalten, zu mysteriös kam allen die Sache vor, war Herbert Ullmann doch ein äußerst zuverlässiger und pünktlicher Lehrer.

Bald hatte der Alltag die Schüler wieder im Griff. Die Geschichtsstunde war für sie eine Ablenkung vom ›Warten aufs wahre Leben‹, wie sich Mirjam ausdrückte, die Ullmann ein bisschen verrückt fand, etwas zu verbissen in sein Thema. Er konnte nicht loslassen, nicht vergessen, sie argwöhnte persönliche Beweggründe hinter seinem Engagement.

Die Klasse teilte sich, verschiedenen Landschaften gleich, in die Rückzugsgebiete rund ums Schulgelände auf. Aber warum hätten ausgerechnet Lisa und Mirjam zum Rauchen durch den Botanischen Garten gehen sollen? Warum begaben sie sich nicht wie an jedem Nachmittag direkt zum Bahnhof, verließen sie nicht den Ort des alltäglichen Schreckens auf schnellstem Wege? Sie wussten es selbst nicht. Sie erinnerten sich nur daran, dass ausgerechnet Ullmann sie bereits mehrfach auf die Schönheit des abschüssigen Geländes hingewiesen, von den Pflanzen geschwärmt hatte, vom Teich unter den hohen Bäumen.

Den wollten sie heute sehen. Die langen Haare im Wind, das Aufbruchsgefühl der Jugend in den Füßen jagten sie gemeinsam durch die Anlage, bis Mirjam plötzlich stehen blieb, einen Schrei ausstieß und mit dem ausgestreckten Zeigefinger auf zwei Beine zeigte, die angewinkelt unter einem Busch lagen, von einem verdeckten Körper weggedreht.

Lisa war drei Schritte weiter gerannt, bis die Nachricht sie erreichte, nicht akustisch, auf direktem Weg von Gehirn zu Gehirn kam der Schrei. Sie drehte den Kopf nach links und blickte in die starren Augen von Herbert Ullmann, in denen ein unausgesprochener Vorwurf zu lesen war. Und Lisa verstand, dass sie mitschuldig war, ihre ganze Gleichgültigkeit aus langen Jahren Schuldasein schlug in diesem gebrochenen Blick auf sie zurück. Sie schrie nicht. Sie gab Ullmann recht und blieb unbeweglich stehen.

Was Sekunden gedauert haben musste, waren für sie Lebensjahre, die an ihr vorbeirasten. Dann brach sie zusammen, gerade als Mirjam bei ihr angelangt war.

Kurze Zeit später war im Park die Hölle los.

Man fand Herbert Ullmann in einer Blutlache, auf dem Rücken liegend, die Augen starr, das Erstaunen war seinem Gesicht abzulesen. Dr. Augsburger schloss ihm die Lider, nachdem er in einer ersten Leichenbeschau den Körper oberflächlich untersucht und keine Todesursache festgestellt hatte. Dann drehte er ihn auf den Bauch. Im Rücken war der Pullover angerissen, und als er das Gewebe auseinanderzog, erblickte er eine klaffende Wunde, in der die abgebrochene Schneide eines Messers steckte.

Augsburger seufzte. Selbst für einen Rechtsmediziner kein schöner Anblick. Dass das Opfer bis vor zwei Stunden am Leben gewesen war, machte das Ganze unangenehm, bedrohlich. Der Polizeifotograf folgte den Anweisungen von Bernhard Spring, der eben am Tatort erschienen war. Die Absperrbänder markierten das Gelände und zogen ein paar wenige Gaffer an, die bald von der einbrechenden Dunkelheit verschluckt würden.

Spring prägte sich das Bild ein, das sich ihm bot, die blutüberströmte Leiche unter dem Busch, über dem die Blätter eines Gingko-Baums im herbstlichen Gelb leuchteten. Dann blickte er zum Schulhaus hinauf, in dem bereits die ersten Lichter brannten. Einzelne Schüler waren von der Polizeipräsenz angelockt worden. Man hatte sie weggescheucht, deswegen waren sie auf die Terrasse des Farnhauses ausgewichen, auf eine bessere Sicht hoffend.

Lisa und Mirjam waren kaum ansprechbar. Sie hatten Springs Kollegen, die zuerst am Tatort aufgekreuzt waren, gerade eben den Namen und die Funktion von Herbert Ullmann mitteilen können, danach hatten sie sich nebeneinander auf die Wiese gesetzt, hielten sich gegenseitig fest und brachen immer wieder in Schluchzen aus. Spring ließ die beiden Mädchen vom Rettungsdienst zum Arzt bringen.

Die Spurensicherung nahm ihre Arbeit auf, hatte allerdings auf den Kies- und Asphaltwegen kein leichtes Spiel. Der Störfahnder selbst beeilte sich, auf dem Schulgelände jemanden zu erreichen. Er fand das Sekretariat auf Anhieb. Dort schickten sich zwei jüngere Frauen zum Gehen an. Spring fragte, ob sich noch ein paar Lehrer im Gebäude befänden und wie er sie erreichen könne. Da tauchte aus einem Hinterzimmer eine resolute Dame auf und herrschte ihn an, sein Anliegen könne bestimmt bis morgen warten, das Sekretariat sei eigentlich seit fünf Minuten geschlossen. Auch sei der Vorsteher für derartige Spezialwünsche zuständig, der aber vor einigen Minuten mit seinem Laptop unter dem Arm aus der Tür getreten sei. Ob Spring ihm nicht begegnet sei? Dann aber packte sie die Neugier, und sie fragte nach seinem Namen.

Der Störfahnder, dem es nicht gelungen war, den Redefluss zu unterbrechen, spürte, dass hier mit Halbheiten nichts zu erreichen war, holte tief Luft und sagte: »Herbert Ullmann ist tot.«

»Meinen Sie unseren Lehrer?«, fragte die Frau in einem unverkennbaren Walliser Dialekt, während sich die beiden anderen wieder auf ihre Bürostühle gesetzt hatten. Daraufhin verschwand sie kurz in ihrem Alkoven, kehrte mit einem Ordner zurück, blätterte einige Seiten durch und sagte: »Das kann nicht sein. Herr Ullmann hat noch Unterricht.«

Eine ihrer Kolleginnen erhob sich und sagte schüchtern: »Wir haben die Klasse nach der großen Pause entlassen. Ullmann ist verschwunden.«

»Man hat ihn ermordet«, sagte Spring kühl und brach damit den Widerstand der Energischen, die sich auf den nächsten Stuhl niederließ und bleich geworden war.

Letztlich erhielt Bernhard Spring die Schlüssel für Ullmanns Klassenzimmer und seinen persönlichen Schrank. Nachdem er die Schüler von Ullmanns Klasse für den andern Tag ins Polizeipräsidium bestellt hatte, begab er sich zum Schulzimmer. Es war überstellt mit Büchern, die Wände hingen voller Poster, und die Fensterbänke waren vom ersten farbigen Laub bedeckt. Ullmanns Kasten fand er leer. Fast leer. Im mittleren Fach lag ein Klarsichtmäppchen mit einem Text. Spring nahm es mit ins Büro.

Maria

Ich lernte Maria kennen, als ich Lehrer an einer Berufsschule für den Verkauf war. Sie kam in keine meiner Klassen, sondern besuchte den allgemeinbildenden Unterricht bei einer Kollegin. Im Lehrerzimmer sprach man öfter über die 19-Jährige, und nicht immer in bester Absicht. Auch das Getuschel in den Klassen und im Schulhof war unüberhörbar für einen, der die Ohren offen hielt.

Maria, dachte ich mir, was für ein seltsamer Name in dieser Zeit!

Sie musste etwas Besonderes sein, doch erfuhr ich nie genau, worin dieses Besondere oder vielleicht Sonderbare bestand. Ich vergaß auch zu fragen, weil man im Schuldienst dazu erzogen wird, auf Fragen zu verzichten, welche nicht eigene Schüler betreffen. Erst recht verzichten sollte man als Mann auf Fragen zu jungen

Frauen, die nicht nur den Ruf der Schönheit, sondern den der erotischen Ausstrahlung mit sich tragen.

Natürlich machte mich all dies neugierig. Ich hatte zwar bereits den 26. Geburtstag gefeiert, fühlte aber noch keine allzu deutliche Distanz zu meinen Schützlingen. So versuchte ich in aller Diskretion herauszufinden, was es mit Maria auf sich hatte. Das Personaldossier gab nichts her. Aber hat schon mal jemand in schulischen Berichten auf die äußere Schönheit eines Menschen hingewiesen?

Als ich Maria das erste Mal bewusst wahrnahm, stand sie im Schatten eines Baumes auf dem Schulhof, allein, als ob eine unbestimmte Aura alle Lebewesen daran hinderte, sich ihr zu nähern. Wie ein Gemurmel um sie herum. Aber so war es nicht. Bald strömten die Schüler von allen Seiten herbei, der Platz füllte sich, und sie wurde zu einem Farbtupfer unter vielen.

Dann erschien sie plötzlich vor mir, wie aus dem Boden gewachsen, blickte mich aus marmorgrauen Augen an, ohne mich zu erkennen oder meiner Person besondere Beachtung zu schenken, und verschwand so schnell, wie sie gekommen war. Aber diese wenigen Sekunden genügten, um ein unauslöschliches Bild in mir zu verankern.

Maria war einen Kopf kleiner als ich, überraschend in diesem Augenblick, denn ich hatte sie mir größer vorgestellt. Strähnige blonde Haare fielen bis auf den Ansatz der Brüste, die unter einem schrecklichen beigen T-Shirt mit rotem Herzaufdruck wippten. Ich konnte mich nicht auf ihren Körper konzentrieren, dieses kitschige Herz verunsicherte mich genauso wie das freundliche Lächeln und das türkisblaue Sommerröckchen. Dann sah ich nur noch ihre rosa Turnschuhe.

Blonde Haare, ein weiches Gesicht, nachgiebige Lippen, samtene Lider, und wie aus Untiefen mit dem Lächeln auftauchende, blendend weiße Zähne, aber vor allem diese Marmoraugen! Ich verstand die Maßlosigkeit der Liebe, die den jungen Männern aus den bewundernden Blicken zu lesen war. Aber der Schein betrügt die Wirklichkeit. Und so wandte ich mich wieder meinen alltäglichen Pflichten zu.

Trotzdem spürte ich bereits, auch wenn ich nicht geneigt war, es zuzugeben, eine Faszination, die über das Normale hinausging. Ich wurde kribbelig, als ich merkte, dass ich kurz davor stand, eine Studienwoche gemeinsam mit der Klasse zu organisieren, der Maria angehörte. Was mich am meisten irritierte, war, dass ich nicht zu sagen wusste, ob ein Gedanke an die junge Frau diese Initiative von meiner Seite her ausgelöst hatte oder ob es einen anderen Anlass gab, beide Klassen zusammenzunehmen.

Aber ich beruhigte mich schnell wieder. Meine private Situation war geklärt, ich besaß keinerlei Ambitionen in Bezug auf irgendeine meiner Schülerinnen. So hoffte ich einzig auf ein angenehmes Zusammensein.

Wir fuhren schließlich ins Vorgebirge. In einem Birkenwäldchen, das mir in seiner Einzigartigkeit seit Jahren sehr lieb war, fanden wir zwei für uns vorbereitete hölzerne Baracken am Ufer eines kleinen Sees, dessen Blau aus der Tiefe leuchtete, wie es selbst die schönsten Augen niemals könnten.

Ich verliebte mich erneut ins Wasser wie schon viele Male zuvor, oder eigentlich müsste ich sagen, ich ließ meine Liebe wieder aufleben, als ich am zweiten Abend nach dem Essen allein auf dem Steg saß, der einige Meter ins Wasser hinausführte. Ich wartete auf das Leuchten des abendlichen Himmels. Die Sonne war längst hinter dem Berg verschwunden, aber für die Welt noch nicht untergegangen, sodass der Himmel viel heller strahlte und die Schatten den See in schwarzes Blau tauchten.

Die Schüler hatten eine Disco entdeckt, meine Kollegen spielten Karten. Ich wartete.

Als die Balken des Steges leise knarrten, schenkte ich dem keine Beachtung. Erst als sich der Saum eines hellrosa geblümten Trägerkleides über meine rechte Hand legte, ein paar sonnengebräunte lange Beine sich über das Holz schwangen und die Füße leise ins Wasser glitten, schaute ich auf. Ich wusste bereits, dass Maria gekommen war. Ich hatte sie am Nachmittag in diesem Aufzug gesehen.

Wir schwiegen beide. Ich empfand die Stille, die kokette Schüchternheit als angenehm. Ein verirrter Sonnenstrahl erleuchtete die Bergspitze ein letztes Mal.

Wie durch ein Prisma lenkte sie ein wenig Licht zu uns, das Marias Gesicht traf und sie blendete.

Maria strahlte übers ganze Gesicht.

»Ich liebe diese Ruhe«, sagte sie. »Das leise Plätschern der Wellen am Strand ist das seltsamste Geräusch, das ich in meinem Leben gehört habe.«

»Warum bist du nicht mit den andern im Club?«, fragte ich.

»Da ist es mir zu laut und zu düster. Mir gefällt dieses träge Licht und der Schmerz des Wassers.«

Wie hätte man es besser ausdrücken können?

»Ich bin Maria«, fügte sie an, »und wer sind Sie?«

Erstaunt bemerkte ich, dass ich in ihrer Welt bis anhin nicht vorgekommen war, und ich stellte mich vor.

»Dann sitze ich also mit einem Lehrer am Wasser«, bemerkte sie völlig emotionslos.

»Ist daran etwas Besonderes?«, fragte ich.

»Nein. Aber es ist schade, dass ich die andern nicht verstehen kann.«

»Und weshalb nicht?«

»Weil sie kein Gefühl für die kleinen Dinge haben, die uns so viel mehr mitteilen können als die großen, die sich nur mit ihrem Lärm durchsetzen.«

Nach einem Moment des Überlegens fügte sie an: »Aber Sie verstehen mich!«

Keine Frage, kein Zweifel.

Ich bekam einen trockenen Mund und antwortete

mit einem Zitat von Bertolt Brecht: »›In mir habt ihr einen, auf den könnt ihr nicht bauen.‹«

Maria lächelte, zog den Schulterträger gerade und steckte die nassen Füße in ihre hellen Sportschuhe.

Ich starrte die ganze Zeit aufs Wasser, getraute mich nicht, in ihre Augen zu sehen, und war insgeheim froh, dass sie sich zum Gehen entschlossen hatte, denn diese Intimität machte mich nervös.

»Ich komme wieder«, sagte sie, bevor sie leichtfüßig zwischen den Bäumen verschwand.

In den nächsten Tagen arbeiteten wir alle am gemeinsamen Projekt, einer Untersuchung über die verschiedenen Phänomene rund um einen Vorgebirgssee. Die meisten hatten einen Themenbereich ausgewählt, der mit ihrer unmittelbaren beruflichen Ausbildung zu tun hatte. Maria interessierte sich für das Licht in allen seinen Variationen, von der Berechnung der Sonnenstrahlen bis zum feuchten Abendschimmer über dem See. Mich faszinierte das Spiel von Sonne und Schatten, Farbe und dem Schwarz-Weiß der Dunkelheit des abendlichen Birkenwäldchens, besonders wenn ich an literarische und künstlerische Darstellungen dachte.

So war es völlig natürlich, dass ich Maria in den nächsten Tagen immer wieder begegnete. Ich stellte dabei fest, dass sie sich in wenigem von ihrer Altersklasse unterschied, weder was ihr Verhalten, ihre Anstrengungen in Belangen des Unterrichts noch ihre intel-

lektuellen Fähigkeiten betraf. Aber immer mehr irritierte mich der Umstand, dass sie außer einem Hang zu unmäßiger Freude über jedes Detail keiner emotionellen Regung fähig war.

Diese positive Einstellung freute mich natürlich. Oft genug müssen wir in der Arbeit mit Jugendlichen darum kämpfen, dass sie einen Sinn in ihrer Ausbildung, ja in ihrem Leben sehen. Da Maria aber mit ihrem Optimismus unterschiedslos ihre gesamte Umgebung bedachte, wurde ich mit der Zeit etwas unsicher. Ich erkundigte mich bei meinen Kollegen, denen dieser Umstand noch nicht aufgefallen war, auch wenn ich meine Beobachtungen nie direkt erwähnte. Mein Interesse für Maria begann, langsam Aufmerksamkeit zu erregen, sodass ich ein wenig auf Distanz zu allen ging.

Am übernächsten Abend saß ich auf einem Stein am Ufer. Schwere Wolken kündigten ein Gewitter an, der Wind blies stark, sodass wir genauso gut verschont bleiben konnten. Ich schaute dem rasenden Spiel der Wolken zu, als plötzlich Maria neben mir auftauchte in einem samtgrünen leichten Sommerkleid, sich zu meinen Füßen setzte, mit ihren Armen meine Beine umfing, den Kopf an mein rechtes Knie lehnte und sagte: »Warum gehst du mir aus dem Weg?«

Sie schien völlig vergessen zu haben, dass ich ein Lehrer war, wenn auch nicht der ihre. Aber ich konnte genauso wenig angemessen reagieren. Ich strich über ihr leuchtendes Haar und meinte seufzend: »Ich weiche dir nicht aus. Aber du wärst besser mit deinen Kollegen zusammen als mit mir. Eine liebevolle Beziehung zwischen Schülerin und Lehrer wird nicht gern gesehen.«

Ich hatte mich offensichtlich verstiegen, denn Maria drehte den Kopf, schaute mich erstaunt, aber nach wie vor fröhlich an und sagte ein wenig zu laut: »Wer redet denn von Liebe! Ich meine unser gemeinsames Empfinden, dein Verständnis für mich. Ich kenne keine Liebe. Aber ich brauche dich.«

Damit schüttelte sie den Kopf über so viel Unverständnis, stand auf und ging weg, ohne sich noch einmal umzusehen.

Mir war mein Auftritt peinlich, ich konnte mich nur über meine Naivität wundern. Denn obschon ich diesen schlanken und grazilen Körper als erotisches Meisterwerk empfand, scheute ich mich davor, ihn zu berühren. Es war mir völlig klar, dass ich die Grenze nur in Gedanken überschreiten würde, niemals in der Wirklichkeit. Warum bloß war ich davon ausgegangen, dass es für Maria nicht genauso klar war?

Am nächsten Tag hörte ich mich ein wenig bei den andern Gruppen um. In der morgendlichen Pause kam ich bei einigen Jungs vorbei, die über Maria sprachen. Ich setzte mich an den Rand des Kreises. Nach einem ersten Augenschein stuften sie mich offenbar als harmlos ein, und es machte besonderen Spaß, vor einem Lehrer anzugeben.

Sie sprachen über amouröse Abenteuer. Dabei ging das Gerücht durch die Runde, die schöne Maria sei ein leichtes Ziel, sozusagen für jeden zu haben. Spürte ich nicht doch eine gewisse Eifersucht?

Ein Schüler fügte bei: »Ich werde aus der Frau nicht schlau. Sie interessiert sich überhaupt nicht für das, was um sie herum passiert. Immer konzentriert sie sich auf eine Kleinigkeit, die jedem völlig gleichgültig ist.«

Die Runde biss in ihre Wurstbrote, Kleinigkeiten, die für sie wichtiger waren.

Dann kam der letzte Abend. Ich wollte noch einmal ein paar Stunden in Verbundenheit zu meinem See verbringen und begab mich auf die entgegengesetzte Seite unter dem Berghang, genau gegenüber den Holzbaracken, in denen die Schüler feierten.

Dennoch wunderte ich mich nicht allzu sehr, als Maria auftauchte, sich vor mich hin auf den Boden hockte, ihren Rücken an meine Schienbeine lehnte, den Kopf zwischen meine Knie senkte und mich von unten mit einem versteinerten Blick anschaute. Trotzdem spielte ein Lächeln um ihren Mund, als sie fragte: »Nimmst du mich morgen mit?«

»Wohin?«

»Wo immer du hingehst.«

Ich wusste keine Antwort, aber in mir stieg eine

Gewissheit auf, die mich traurig machte. Für Maria gab es nur die absolute Gegenwart, keine Vergangenheit, keine Zukunft. Egal, was ich ihr antworten würde, sie hätte es morgen völlig vergessen und würde von Neuem mit denselben Fragen kommen, vielleicht bei jemand anderem. Ich wies sie auf die Wellen hin, die beim Zurückfließen vom Ufer in den See auf den Steinen leise Tränen des Abschieds hinterließen.

»Aber nein«, lachte sie, »das sind Schweißtropfen der Liebe!«

»Das muss eine ruhige, gemessene Liebe sein.«

»Na ja, es ist kein Strudel und auch kein Wasserfall, also magst du recht haben.«

»Aber sie kann nicht für uns sein.« Ich dachte, damit könnte ich einiges klären.

Maria musste gespürt haben, worauf ich hinauswollte. Jede andere Frau hätte es gespürt, dessen war ich mir sicher.

Maria jedoch schüttelte den Kopf, drehte sich zu mir um und saß auf den Knien mir gegenüber. Sie schaute direkt in meine Augen, zum ersten Mal. Das Marmorgrau bekam eine unerwartete Wärme.

»Heute Abend singt der See nur für uns. Hörst du ihn nicht?«

Ich war verblüfft, wagte nicht zu fragen, was dieser Satz bedeutet.

Sie blickte mich weiter an. Ich hatte jedoch das Gefühl, sie sehe durch mich hindurch. Dann gab sie sich einen Ruck und sagte: »Ich weiß nicht, weshalb du mich verstehst. Ich spüre nur, dass es so ist. Ich gehe jetzt schlafen.«

Dann war sie plötzlich weg. Wie eine Fee schwebte ihre dunkle Gestalt durch die weißfleckigen Birken, wurde sichtbar, wenn sie einen Baum passierte und verschwand schließlich, verschluckt vom dunklen Braun einer der Hütten.

Natürlich war es nicht jedermanns Sache, ohne die Nase zu rümpfen ein Großraumbüro der Polizei zu durchqueren, zwischen zusammengeschobenen Pulten, altertümlichen Monitoren, über abgewetztes Linoleum und mit dem Geruch nach nassem Hund, weich gesessenen Uniformhosen, halb leeren Kaffeebechern, Sandwichresten im Papierkorb, penetrantem Aftershave und feuchten Gedanken angesichts der prachtvollen Hintern, die sich ihren Weg bahnten.

Die Leute starrten sie an. Gut, dass die Drei Grazien vor Ort waren. Die Leute hätten sonst nur sich gegenseitig anstarren können. Gwendolin, Melinda und Phoebe hatten einen Umweg in Kauf genommen, um Bernhard Springs Büro zu erreichen.

»Lerne den Feind von Angesicht zu Angesicht kennen«, flüsterte Gwendolin, »eine altchinesische Weisheit.«

»Der Ferne Osten ist immer für eine Überraschung gut«, erklärte der Störfahnder, der hinter ihnen aufgetaucht war, und wies die Mädchen in sein Arbeitszimmer. »Ich fange mit euch an, weil ihr mir Vertrauen entgegenbringt und ich so am schnellsten zu meinen Informationen komme«, erklärte der Polizist.

»Und dann quetscht du mit dem gewonnenen Herrschaftswissen die andern aus?«, fragte Phoebe.

»Genau so läuft's«, meinte Spring.

»Unsympathisch«, reklamierte Melinda.

»Unsympathischer als ein toter Lehrer?«

Sie schwiegen kurz, bevor Gwendolin sagte: »Natürlich nicht. Wir helfen.«

»Gern«, sagte Melinda.

»Schön«, erwiderte Spring. »Habt ihr ein Mädchen namens Maria in der Klasse?«

»Nein«, entgegnete Phoebe. »Noch nicht mal an der Schule, glaube ich.«

»Wir haben im Schrank von Herrn Ullmann einen Text gefunden. Gibt es einen Schriftsteller unter den Schülern, einen Jungen, der häufig Texte schreibt?«

»Eher nicht«, sagte Phoebe.

»Es ist von einem 26-jährigen Lehrer die Rede und von einer Schülerin namens Maria. Ich gebe euch die Geschichte zum Lesen, und ihr sagt mir, was ihr davon haltet.«

»Rollenprosa«, sagte Phoebe schnippisch.

Nach zehn Minuten meldete sich Melinda: »Das ist bestimmt von Ullmann. Ein Schüler würde nicht so geschwurbelt schreiben.«

»Und wer ist Maria?«, fragte Spring.

»Nach der Beschreibung könnte es Bérénice sein«, sagte Gwendolin. »Aber ich wusste nicht, dass Ullmann überhaupt für jemanden schwärmen kann. Erstaunlich.«

»Er hat nie ein Mädchen angefasst?«

»Quatsch«, erklärte Melinda. »Der war viel zu alt.«

»Ihr hättet davon gehört?«

Alle drei nickten simultan.

»Und ihr würdet es mir sagen?«

Erneutes Nicken.

»Er mag seine Schüler, man merkt, dass ihm Jugendliche sympathisch sind«, meinte Phoebe. »Ich glaube, er trauert seiner eigenen Jugend nach.«

»Ich frag halt, weil Bérénice nah beim Botanischen Garten wohnt.«

»Die meisten Mädchen der Klasse waren den ganzen Nachmittag lang zusammen«, sagte Melinda.

»Auch in der Pause?«, wollte der Störfahnder wissen.

»Ja. Sogar in der Freistunde. Bérénice jedenfalls hat das Schulgelände nicht verlassen.«

»War Ullmann nervös?«, fragte Spring.

»Nicht mehr als sonst, jedenfalls ist niemandem etwas aufgefallen«, meinte Melinda. »Die ganze Geschichte auf dem Tonband hat ihn immer mitgenommen. Er ist jeweils auf Tauchstation gegangen, hat unsere Schuhe bewundert oder an die Decke geguckt, damit er das Desinteresse einzelner Schüler nicht sehen musste.«

»Und was hat er gestern gesagt, als er aufgestanden und weggegangen ist?«

»Er hat nur gebrummt, er habe eine kurze Verabredung und sei gleich wieder da. Was er unter ›gleich‹ verstand, wollte er uns nicht mitteilen«, erklärte Gwendolin und fuhr fort: »Ich weiß nicht, wie ich es ausdrücken soll. Aber die Polizei erscheint sehr hilflos, wenn man die Mordserie der letzten Wochen anschaut.« Sie räusperte sich. »Nicht, dass ihr uns falsch versteht. Aber wir haben beschlossen, der Sache auf den Grund zu gehen. Letztlich war Herbert Ullmann halt doch ein bei den Schülern beliebter Lehrer. Wir lassen es nicht zu, dass sein Mörder ungestraft davonkommt.«

Melinda frotzelte: »Jetzt musst du sagen: Das ist gefährlich!«

»Mädchen, wir sind hier nicht beim Film«, sagte Spring etwas lauter als beabsichtigt. »Mörderjagd solltet ihr der Polizei überlassen.«

»Wenn wir es denn könnten«, meinten die drei beinahe im Gleichklang, erhoben sich von den Stühlen und verließen das alte Waisenhaus auf dem Weg, auf dem sie es betreten hatten.

»Es sind immer noch Waisenkinder«, flüsterte Gwendolin beim Hinausgehen, »sie sehen nie einen Menschen aus dem richtigen Leben.« Dabei zwinkerte sie einem jungen Streifenpolizisten zu, der vor dem Ausgang darauf wartete, den Bericht der Rechtsmedizin abzugeben.

Pascale Meyer hatte inzwischen Springs Büro betreten und hörte sich die Ergebnisse der Ermittlungen an.

»Bleibt nur noch ein Verdächtiger. Der Zuckerbäcker«, seufzte Spring.

»Der hat auch ein Alibi«, ergänzte Pascale. »Der ist tot.«

»Also ist kein Täter und kein Motiv in Sicht.«

»Motive aus dem Lehrbuch.« Pascale zählte auf: »Geld. Eifersucht. Ausweglosigkeit. Hass. Konkurrenzneid …«

»Nehmen wir an, es geht nicht um die Person des Lehrers …«

»Worum denn sonst. Er ist doch tot!«

»Schon«, erklärte der Störfahnder. »Nehmen wir an, es geht um das, was er gemacht hat.«

»Im Unterricht?«

»Jedenfalls nicht im Botanischen Garten. Diese Tonbandkassetten, von denen immer die Rede ist. Haben wir die sichergestellt?«

»Ja«, sagte Pascale. »Aber noch nicht abgehört. Es geht um den Zweiten Weltkrieg.« Sie staunte. »Du meinst, es geht um die großen Dinge: Naziverbrechen, Mega-Vermögen, Verschwörung? Das, was uns Polizisten immer über den Kopf wächst?«

»Raubgold, Devisenspekulationen, internationale Geheimdienste«, ergänzte Spring. »Kommt da nicht ein bisschen viel zusammen? Das soll die Ursache für die Ermordung eines pickelgesichtigen Zuckerbäckers in der hinteren Länggasse, eines Bankers aus dem Schwarzenburgerland und seiner Verlobten aus dem Wylergut sein? Und dann haben die bösen Buben auch noch einen Lehrer auf dem Gewissen! Am Schluss enttäuscht uns ein banales, persönliches Motiv. Fahren wir also die Spekulationen ein wenig zurück. Für Verschwörungstheorien jedenfalls gibt es keinen Platz.«

Dann riss er das Couvert aus der Rechtsmedizin auf, das er inzwischen erhalten hatte. Es fanden sich darin das abgebrochene Messer und ein kurzer Bericht, den Spring für Pascale zusammenfasste: »Das Messer hat die Aorta zerstört, das Opfer ist innerlich verblutet. Das Bruchstück aus dem Körper von Herbert Ullmann entspricht in seinem Schnittprofil der Waffe, die vermutlich benutzt worden ist, um die Brust von Dionys Brand aufzuschneiden.«

SAMSTAG, 1.10.2011

Bernhard Spring und Pascale Meyer hatten das Haus an der Aegertenstrasse im Kirchenfeld rasch gefunden. Nach dem Schock von gestern stand bereits ein Nachbar mit einem Zweitschlüssel bereit, denn er hütete jeweils Herbert Ullmanns Wohnung in seiner Abwesenheit.

»Herbert war ein reinlicher Mensch, bedacht auf Sauberkeit und Ordnung«, gab er zu bedenken, als die Polizisten ihre Schuhe beim Eintreten ins Haus anbehielten.

Zwar war es richtig: Alles fand sich in bester Ordnung. Ebenso eindrücklich war hingegen auch, dass der gesamte Hausrat vor 20 Jahren eingerichtet und keiner Veränderung unterzogen worden war. Alles machte einen überlebten Eindruck, jegliche Frische fehlte. Die Bücher in den Gestellen waren seither kaum mehr bewegt worden. Einzig in seinem Arbeitszimmer, das von einem Computer der ersten Generation beherrscht wurde, fand sich ein Regal voller Ordner, die meist neueren Datums zu sein schienen.

Die beiden Polizisten komplimentierten den Nachbarn hinaus und machten sich an die Arbeit. Zuoberst fanden sie Dokumente zu allen Klassen und Jahrgängen, die Ullmann in seinem Leben unterrichtet hatte:

Zeugnislisten, Fotos, einzelne kopierte Schülertexte und anderes Material, das meiste leicht verstaubt. Offenbar am Ende des Schuljahrs abgelegt und nie mehr hervorgezogen.

Die mittleren Reihen hingegen versprachen interessant zu werden. Die Ordner waren säuberlich angeschrieben und unter den Themen nummeriert. Es gab Dokumente zum Zweiten Weltkrieg. Raubgold war separat klassifiziert. Und Spring fand je zwei Ablagen zu den Namen Ernst Thide und Alois Bauer.

»Wer soll das alles lesen!«, seufzte Pascale.

»Du«, sagte ihr Chef maliziös und erntete ein missbilligendes Grunzen. »Ich habe nämlich anderes zu tun. Gestern ist ein Schriftstück von einem Anwalt gekommen. Ich habe es erst überflogen, weil es mir nicht wichtig schien. Es geht um einen Mann, der 2005 im Alter von 90 Jahren gestorben ist und eine beträchtliche Summe Geld hinterlassen hat. Der Anwalt schreibt, dass er alle fünf Jahre überprüfen müsse, ob das Vermögen richtig genutzt werde. Nun erhalte er keinen Zugang mehr zu den Bankdaten und sei verpflichtet, Meldung zu erstatten.«

»Und weshalb ist das plötzlich wichtig geworden?«, wollte Pascale wissen.

»Weil dieser Mann Alois Bauer heißt.«

Pascale pfiff durch die Zähne. »Dann sind das deine Ordner. Ich kümmere mich um die andern.«

»Bauer ist wohl der Mann, der Ullmann im Unterricht so sehr beschäftigt hat. Jedenfalls gibt es eine direkte Verbindung zwischen dem Lehrer und diesem vermögenden Verstorbenen …«

»… und dem Zweiten Weltkrieg«, ergänzte Pascale.

»Das bedeutet, Ullmann könnte etwas gewusst haben, das jemandem geschadet hätte«, erklärte Spring. »Vielleicht wollte er sein Wissen zu Geld machen und hat diese Person erpresst. Das würde erklären, weshalb er mitten im Unterricht davonläuft und zu einem Treffen im Botanischen Garten rennt.«

»Aber wen er da getroffen hat, weißt du nicht zufällig?«

»Das wollte mir der Anwalt mit Hinweis auf sein Berufsgeheimnis nicht verraten«, sagte der Störfahnder.

»Vielleicht hat es auch gereicht, dass diese Person geglaubt hat, der Lehrer wisse mehr, als er sage«, schloss Pascale.

»Dann muss dieses Wissen aber viel wert sein.«

»Vergiss nicht«, rief die Polizistin ihrem Chef nach, als er mit den Unterlagen das Haus verließ, »wir treffen uns heute Nachmittag in der Magdalena-Einsiedelei. Punkt 15 Uhr!«

Über Düdingen erreichten Bernhard Spring und Heinrich Müller den Weiler Räsch und fanden neben der Autobahnbrücke über die Saane einen Parkplatz, von dem aus es einem Waldrand entlang zu Fuß bis zur steil abfallenden Sandsteinwand ging. Kurz bevor sich der Abgrund öffnete, fand sich rechterhand eine Mauer mit einem Durchlass, der nachts mit einer Gittertür verschlossen wurde.

»Das ist die Einsiedelei«, erklärte Müller, der früher schon einmal hier gewesen war. »Schon im Spätmittelalter wird ein Einsiedler erwähnt, ab 1609 ist der ›Waldbruder zu Sankt Marien Magdalenen‹ aktenkundig, aber erst der Einsiedler Johann Dupré und sein Gehilfe Johann Liecht haben zwischen 1680 und 1708 den Sandstein sozusagen durchwühlt und auf einer Länge von 120 Metern einen Raum nach dem andern aus dem Fels geschlagen.«

Ein hübscher Vorgarten führte zur Kapelle, wo Pascale Meyer mit Louise Wyss auf die beiden wartete. Sie schlenderten durch die verschiedenen Säle und Zimmer und wagten einen Blick aus einem der Fenster hinab in den breiten Fluss, der hier das Ende des Schiffenen-Stausees bildete.

Mitten im Großen Saal, auf den ausgewaschenen fossilen Sanddünen, die den Boden bildeten, stand ein kräftiger Mann in einer blau-weiß karierten Metzgerschürze, weißem Hemd und einem Strohhut mit blauer Binde und musterte sie über den Rand einer Brille. Nachdem er sich ihrer Aufmerksamkeit sicher war, deklamierte er: »Wir nähern uns wieder dem Zustand des Urmenschen, der nur für seine unmittelbaren Bedürfnisse gelebt und gearbeitet hat. Ist das nun gut oder schlecht? Die Symbole der Höhlenmalerei von Lascaux suchen wir vergebens, aber schwebt nicht sogar hier der Geist der magischen Symbole in der Luft? Es ist die Sprache abwesender Körper, die den Tod überwunden haben, indem die Zeichen den Menschen in seiner Existenz überdauert haben.«

Er schnäuzte sich vernehmlich in ein Taschentuch, bevor er fortfuhr: »Wer die Sprache beherrscht, wer die Zeichen und ihre Bedeutung kennt, besitzt Macht. Schon bei den alten Ägyptern hatte jeder Gott, jeder Pharao und jeder einflussreiche Mensch neben seinem Eigen- noch einen Geheimnamen. Wer ihn kannte, beherrschte den Namensträger. Deshalb versteckte man diesen verborgenen Namen und seine Bedeutung. Das gilt auch für das Judentum, in dem der wahre Name Gottes nicht ausgesprochen oder geschrieben werden darf. Selbst im Islam kennt man die 99 Namen Allahs, während der hundertste für immer ein Geheimnis bleibt …«

»… oder zu magischen Zwecken missbraucht wird«, ergänzte Pascale, die ganz aufgewühlt war. »Wer sind Sie?«

»Namen sind Schall und Rauch.« Ein breites Lachen überzog sein Gesicht und hallte in seiner Kehle nach. »›Wer sein Glück nicht für sich behalten kann, verdient, dass es ihm genommen wird‹, sagen die Mongolen und reden alles schlecht, was ihnen wichtig erscheint, damit es von niemandem in seinem Wert erkannt und womöglich gestohlen wird. Für die alten Buddhisten waren Worte die gefährlichsten Waffen. Indem man einen Dämon bei seinem Namen nennt, beschwört man seine Anwesenheit. Andere waren Zauberer, kannten Worte, die töten konnten, wenn man sie aufschrieb. Deshalb ist es das Schlimmste, wenn man den Namen eines Verstorbenen vergisst. Er wird dann endgültig sterben.«

»Das sieht man an unsern Grabmälern. Dort sind die Namen in Stein gemeißelt«, sagte Spring.

»Mein Sohn, du hast es verstanden. Suche also die Bedeutung des geheimen Namens und du wirst den Sieg erringen.« Mit diesen kryptischen Worten begab sich der Hüne eine Treppe hinunter, die ihn in den Garten führte. Die andern vier blieben verblüfft stehen.

»War das nun eine Handlungsanweisung für unseren Fall?«, fragte Heinrich.

»Schön wär's«, meinte der Störfahnder. »Aber seit heute Morgen sind wir einen Schritt weiter. Wir haben einen Namen, dessen Bedeutung wahrhaftig noch geheim ist: Alois Bauer. Der Mann ist allerdings vor sechs Jahren verstorben, kommt also als Mörder nicht infrage. Aber er verbindet Herbert Ullmann und den Zweiten Weltkrieg mit einem Anwalt und seinem Klienten von heute. Und vielleicht auch mit einem Banker, denn es geht um viel Geld.«

»Das ist endlich nicht mehr das pure Stochern im Heuhaufen, das ihr in den letzten Tagen praktiziert habt«, stichelte Louise.

»Mir neu, dass du etwas gegen Heuhaufen hättest«, brummte Müller.

»Man könnte direkt meinen, du möchtest dich als Einsiedler qualifizieren«, gab sie zurück.

»Warum sind wir eigentlich hier?«, fragte Spring. »Nur ein netter Ausflug zu viert, während zu Hause die Arbeit wartet?«

»Ein Unterbruch der Routine«, antwortete Müller. »Der Anwalt hat heute geschlossen, die Toten laufen nicht weg, das Denken muss etwas abkühlen. Ich finde, irgendwie hat unser Fall etwas von dieser Sandsteinkonstruktion. Es gibt über ein Dutzend verwinkelte Räume, die untereinander verbunden sind, als Wurmfortsatz eines größeren eine Randexistenz fristen, oder nach unten zu weiteren Sälen führen.«

»Nicht zu vergessen die plötzlichen Ausblicke durch die ausgebrochenen Fenster, unter denen der Abgrund droht«, ergänzte Louise.

»Was uns noch nicht gelungen ist«, fuhr Müller weiter, »ist einen Plan zu erstellen, der die verschiedenen Handlungsträger miteinander verbindet und zusammengehörige und voneinander getrennte Elemente zuordnen würde. Denn die Anzahl der Namen, die im Spiel sind, wächst, aber die Verwandtschaft der Träger oder ihre Verbindung zueinander sind nach wie vor unklar. Vielleicht hilft uns diese Sandsteinkonstruktion, einen besseren Überblick zu erhalten.«

»Du vergisst«, meinte der Störfahnder, »dass die Erbauer der Einsiedelei unter dem Zwang standen, dem Sandstein und seinen gewachsenen Formen zu folgen.«

»Wir unterstehen demselben Zwang, denn auch unser Fall zieht sich entlang bestimmter Handlungsmuster, die vorgegeben sind. Nur ist es so, dass wir sie von hinten her aufdröseln sollen, und wahrscheinlich fehlen uns dazu ein paar wegweisende Elemente«, überlegte der Detektiv.

»Die Schatten«, sagte Bernhard. »Erinnerst du dich an die Schatten? Es hieß, ohne Schattenwirkung gebe es keine Schönheit. Es ist das Zwielicht, das die Helligkeit durch die Figuren an die Wand wirft, Platons Höhlengleichnis. Wir sehen nur die Schatten, aber nicht die Wirklichkeit hinter den Figuren, die den Schatten werfen. Also zurück auf Feld eins.«

»Wir haben«, begann Müller, »immer noch keine Hinweise darauf, dass die drei Morde zusammengehören. Wenn das so wäre, hätten wir ein großes Problem.«

»Nämlich?«

»Ein Serienmörder hinterlässt ein Muster …«, sagte der Detektiv.

»Das kann sich wandeln«, meinte Pascale.

»Ja. Aber es ist zuerst einmal ein Muster. Er handelt beispielsweise stets in ähnlichen Zusammenhängen, was etwa die Waffe betrifft, die er vorzugsweise benutzt, oder zeitliche und örtliche Wiederholungen. Oft nimmt er ein Andenken an sich, etwas, das den Opfern gehört. Und häufig tritt er in Kontakt mit der Polizei. Hier haben wir gar nichts.«

»Wenn er mit uns in Kontakt getreten ist«, überlegte Spring, »haben wir es vielleicht nicht bemerkt.«

»Wie soll das gehen?«, wunderte sich Pascale. »Es gab keine Briefe. Wir haben in der Presse keine Angelhaken ausgelegt. Wir haben keine Spielanweisung herausgegeben oder bekommen.«

»Nein. Da hast du recht. Aber wir folgen brav seiner Spur. Wir tun, was er will.«

»Oder sie«, erinnerte Müller.

»Oder sie.«

»Mir fehlen ein paar Endorphine«, beklagte sich Pascale und verlangte: »Wir gehen ins Bauch & Kopf. Schokolade und Absinthe!«

SONNTAG, 2.10.2011

»Schon wieder ein Ausflug«, sagte Pascale Meyer zu Cäsar Schauinsland, als der mit seinem Auto bei ihr aufkreuzte.

»Wir müssen eine ruhige Ecke finden, denn was ich dir zeigen will, braucht niemand sonst zu sehen.«

Manu Chao und sein Radio Bemba Sound System dröhnten über die Lautsprecher mit ihrem Reggae-Punk-Party-Sound, als Cäsar in Muri die Autobahnausfahrt Richtung Emmental nahm. Über Worb fuhren sie nach Grosshöchstetten, dann auf dem schmalen, steilen Sträßchen ins Bauerndorf Möschberg und Richtung Oberthal weiter aufwärts auf den Hügelkamm der Blasen. Dort drehte Schauinsland nach links und fuhr bis zum Hornusserplatz, wo er den Wagen abstellte. Zu Fuß gingen sie ein paar Schritte zum Waldrand, wo sie vor allzu neugierigen Blicken geschützt waren.

»Voodoo im Emmental«, sagte Cäsar.

»Der richtige Platz dafür«, meinte Pascale.

Die Aussicht nach Süden in die Alpen war grandios. Schön gestaffelt erhoben sich die Hügelketten zu stets höheren Bergrücken, jeweils durch ein schmales Nebelband voneinander getrennt und durch den Föhn näher zusammengefügt, ein gegenteiliger Effekt, der in der dominierenden Kette der Viertausender im

Berner Oberland ihren Abschluss fand: Eiger, Mönch und Jungfrau, Blüemlisalp, Schreckhorn und Wetterhorn.

»In dieser lieblichen Gegend sind die Menschen auf die Idee gekommen, dass sie ihre Feinde totsingen oder totbeten könnten«, erklärte Cäsar.

»Und du weißt, wie es funktioniert?«

»Es gibt Handlungsanweisungen, aber die sind äußerst kompliziert. Man muss täglich morgens um sechs an ein und derselben Stelle in ein und derselben Stellung einen Psalm dreimal rückwärts beten. Dann nennt man den Namen des Opfers, manchmal wirft man auch ein paar Bohnen über die Schulter und spricht ein Vaterunser darauf. Und das ein ganzes Jahr lang. Wenn man etwas falsch macht, fällt der Fluch auf einen zurück und man muss sterben.«

»Ausgeprägte Frömmigkeit«, scherzte Pascale.

»Es gibt auch Gegenmittel, man kann sein Hemd auf der verkehrten Seite tragen oder ein paar kräftige Pflanzen immer mit sich führen.«

»Da bin ich aber erleichtert«, meinte Pascale ironisch. »Und deswegen hast du mich hier raufgefahren?«

»Sei doch nicht so ungeduldig. Ich habe mich vor ein paar Tagen an ein Video von Chantal Michel erinnert, das ich in ihrer Ausstellung im Schloss Kiesen gesehen habe. Darin isst sie genüsslich Pralinékugeln, schiebt eine nach der andern zwischen die rot geschminkten

Lippen, dreht sie mit der Zunge und lässt sie in ihrem Mund zerplatzen. Das hat mich auf die Idee von explosiven Schokokugeln gebracht.«

»Du hast doch nicht etwa …«

»Doch. Ich habe sie hier!«

Stolz präsentierte Cäsar Schauinsland seine neuste Erfindung. Er öffnete eine Pralinenschachtel, in der ein Dutzend Truffes lagen. Pascale wollte sich eine schnappen.

»Stopp! Das sind sie. Nicht anfassen!«

»Warum versteckst du sie in einer normalen Schachtel?«, fragte Pascale erschrocken.

»Damit es nicht auffällt. Außerdem sind sie einzeln gelagert und somit vor Erschütterungen und direktem Kontakt geschützt. Wir müssen sie erst testen. Innen drin habe ich eine Kugel mit Semtex geknetet, aber nur so viel, dass es zur Explosion einen zusätzlichen Druck von außen braucht. Dann habe ich den rosa Plastiksprengstoff mit Schokolade umhüllt und mit Puderzucker bestäubt. Nun sehen sie wie Truffes aus und können unbemerkt überall eingesetzt werden. Das Tolle daran ist, dass man sie in beinahe beliebiger Form herstellen kann. Aber pass auf, wenn du draufbeißt, reißt es deinen Kiefer auseinander!«

»Ich möchte sehen, wie sie explodieren!« Pascale war aufgeregt.

»Wir brauchen eine Zündung, etwas, was einen starken Schlag erzeugt.« Cäsar schaute sich um. »Etwas

Langes, mit dem wir genügend Abstand halten können.«

Pascale strahlte ihn an. »Leg eine Kugel dort hinten auf den Baumstrunk.« Sie zeigte darauf und hatte bereits die Hand an ihrer Pistole.

»Ist nicht dein Ernst?«, fragte Cäsar amüsiert. »Damit kannst du dir Ärger einhandeln, wenn nachher das halbe Tal die Polizei anruft.«

»Ach was. Ich *bin* die Polizei. Außerdem glauben die bestimmt, es ist ein Jäger.«

»Am Sonntag?«

»Mit der Unterstützung des Herrn triffst du besser. Also los!«

Cäsar tat, wie ihm befohlen.

20 Meter Entfernung. Die Schokolade war kaum zu sehen. Pascale nahm sie ins Visier. Drückte ab.

Mit einem satten Knall verpuffte der Sprengstoff und ließ im Baumstrunk ein schwarzes Loch zurück.

»Jetzt Tontaubenschießen«, verlangte die Polizistin.

»Wie meinst du das?«

»Du wirfst eine Kugel in die Luft, und ich schieße sie im Flug nieder.«

»Du spinnst.«

»Mach schon!«

Also flog eine erste Sprengstoffpraline gegen den Himmel und zerplatzte in einem ohrenbetäubenden Knall und einer Rauchwolke über ihren Köpfen.

»Noch einmal!«

»Die sind nicht zum Spielen da. Wir brauchen sie für einen andern Einsatz.«

»Nur eine noch …«

Also flog ein weiteres Exemplar in die Luft. Pascale war von der Sonne geblendet, trat einen Schritt zurück, stolperte. Im Fallen löste sich ein Schuss aus der Pistole.

Die Kugel traf die Pralinenschachtel. Wie auf der Kegelbahn. Alle neune!

Noch schönere Explosionen, Haare kokelten, Augenbrauen versengten, Kleider und Haut waren mit Löchern gespickt, das Gehör versagte für ein paar Stunden, alles Licht blendete.

»Wir haben Steaks von Bonsai-Rindern gegessen und Baby-Salat und dazu ein Cüpli geschlürft …«, hatte Cäsar in Anwesenheit von Bernhard Spring und Heinrich Müller gesagt, während er auf der Trage des Rettungswagens für einen Moment zu sich kam.

Pascale wird sich nie daran erinnern, dass sie zum Detektiv flüsterte: »Ich weiß es wieder. Du musst die Reklamekuh suchen.«

»Meinst du die lila Kuh von Milka?«, fragte Müller.

Aber sie antwortete nicht mehr.

»Ich glaube nicht, dass die irgendwo herumsteht«, sagte Spring bedrückt. »Ich denke an etwas anderes, das ich in meiner Kindheit auf Bahnreisen noch ab und zu gesehen habe.«

»Woher sollte Pascale dasselbe kennen? Sie ist viel jünger als du.«

»Vielleicht steht noch irgendwo so ein Ding herum. Mir kommt grad der Name nicht in den Sinn.«

Die letzte Praline blieb im feuchten Gras liegen, wurde von einem Eichhörnchen geklaut, das für diese Tätigkeit eher den Begriff ›horten‹ benutzte, denn es war sich keines Unrechts bewusst. Bald erkannte es, dass dieses Geschenk ungenießbar war. Das Hörnchen ließ die Kugel in einer Astgabel liegen, wo sie ein paar Tage darauf eine Elster fand, die vom Tauglitzern des Puderzuckers fasziniert war und das Ding in seinen Schnabel steckte. Es begab sich aber, dass es eine Wanderelster war, die beschloss, über die Stadt Bern zu fliegen. Bevor sie die Praline genießen konnte, drohte sie ihr aus dem Schnabel zu rutschen.

Im Sturzflug ging sie neben einem Märchenschloss nieder und landete auf einer Fensterbrüstung des Anbaus des Historischen Museums, den die Menschen ›Kubus‹ nannten, weil er auch so aussah, wie er hieß. Davon wusste die Elster allerdings nichts, als sie fest zubiss. Nun war eine Elster ein schöner und kräftiger Vogel, ihr Gefieder strahlte in elegantem Schwarz-Weiß, aber auch nur so lange der Plastiksprengstoff sie nicht in Stücke riss.

Damit nämlich löste sie Terroralarm aus, in dessen Folge 13 Junkies, sechs Drogendealer aus Nigeria, zwei Schnapsleichen und 21 Touristen verhaftet wurden.

Außerdem gab es massive Zerstörungen in der Sonderausstellung ›Mord und Totschlag‹. Dem Müll von den Anschlägen des 11. September 2001 konnte also eine weitere Vitrine beigefügt werden. Endlich eine Schau, die auf der Höhe ihrer Zeit war, denn der Rest dieses unorganisierten Gemischtwarenladens hatte weniger Bezug zum Thema als die arme Elster, die das Opfer einer unwahrscheinlichen Verknüpfung von Zufällen geworden war.

MONTAG, 3.10.2011

»Das war's also«, sagte Bernhard Spring ernüchtert, als er am frühen Nachmittag mit Heinrich Müller im milden Oktoberlicht unter einer immer noch belaubten Pergola im Bauch & Kopf saß. »Das Leben als Störfahnder ist zu Ende. Heute Morgen hat mir der Polizeipräsident mitgeteilt, dass unsere Einheit nach den gestrigen Ereignissen aufgelöst wird. Einzelgänger sind nicht mehr gefragt!«

Müller schenkte Weißwein nach. »Wieso du?«, fragte er nach.

»Ich hätte meine Untergebenen nicht im Griff«, war das Argument. »Was ja auch stimmt. Ist einfach nicht mein Konzept. Da stellt sich die Frage, ob man im Leben alles richtig gemacht hat oder ob man es hätte besser haben können.«

»Mir neu, dass du dein Leben im Nachhinein infrage stellst …«

»Wenn es darauf nur eine klare Antwort gäbe. Das Problem ist selbst mit ausgeklügeltsten Untersuchungen nicht zu lösen. Man weiß nie, wie das Leben verlaufen wäre, hätte man etwas unterlassen, was man getan hat, oder etwas getan, was man unterlassen hat, falls man es überhaupt hätte tun können, denn oft hat ja nicht die Möglichkeit bestanden, etwas zu tun, was man tun wollte, weil man es sonst getan hätte: Es mangelt an Geld, an Erfahrung, an einer Beziehung, einer Gelegenheit. Das bedeutet, man ist zwar selbstverantwortlich für sein Leben, kann es aber außerhalb gewisser Umstände nicht gestalten.«

»Wow«, staunte Müller. »Das ist die längste Ansprache, die du je gehalten hast. Die Auflösung deines Teams gibt dir offenbar zu denken.«

»Nicht nur das«, ergänzte der Störfahnder. »Ich habe gekündigt.«

In der gegenüberliegenden Ecke fläzte sich eine Frau mit rosa Haaren – Handtasche Louis Vuitton oder was sie dafür hielt, Parfum Ricci Ricci, Sonnenbrille Gucci – in ihren Stuhl und starrte die beiden an, als ob sie auf ihre Verhaftung wartete. Ihr Freund, der von all dem nichts bemerkte, war vom Typ ›Velos sind heutzutage sehr stabil gebaut‹.

»Wir beide geben unsere Gene nicht weiter«, fuhr Spring fort.

»Ist das ein Segen oder ein Verlust für die Menschheit?«

»Man wird es nie erfahren.«

»Wenn man sieht, wer seine Gene weiterreicht …«

»… hätten unsere wenigstens keinen zusätzlichen Schaden angerichtet.« Dann erklärte Bernhard: »Vielleicht mache ich den Jakobsweg.«

Heinrich Müller reagierte unwirsch: »Solange ich

genug Geld habe, gehe ich nicht zu Fuß nach Spanien!«

»Wie verhält man sich denn richtig in einer solchen Situation?«, wollte Spring wissen. »Soll man sein Leben lang auf seine Gesundheit achten, Sport treiben, sich ausgewogen ernähren, nur um eines Tages festzustellen: Toll, ich sterbe gesund! Oder holt man sofort die beste Flasche Wein aus dem Keller, weil es morgen dafür bereits zu spät sein könnte?«

»Ich hole den Wein«, sagte Müller.

»Kühe ohne Hörner«, sagte Bernhard ohne Zusammenhang.

»Ich habe gemeint, in diesem Krimi kämen keine Bauern vor«, reagierte der Detektiv.

»Bauern nicht, aber Kühe. Wenn man den Kühen millionenfach die Hörner abbrennt …«

»… damit sie wie hornloses Rindvieh herumrennen …«

»… könnte man genauso gut alle Menschen kahl scheren. Die Leute haben freiwillig damit angefangen unter den Achseln, an den Beinen, im Schambereich: die Haare stören. Warum also den Kopf damit belasten?«

Müller führte aus: »Eine Laune der Evolution hat dazu geführt, dass wir vor Glasfenstern stehen und Gorillas und Schimpansen begaffen. Stell dir vor, es wäre umgekehrt, und wir säßen nackt im Zoo, würden in welken Salatblättern wühlen. Einer von uns stünde hinter dem Glas, ein schwanzloser Affe mit einem langen Glied. Er hat es eben aus einem Weibchen gezogen, das er von hinten begattet hat. Er macht einen angedeuteten Sprung auf die Scheibe zu, und die Schimpansenkinder stieben kreischend auseinander.«

Die Gucci-Ricci-Vuitton-Reklamesäule verließ fluchtartig das Lokal.

»Also«, Spring kam auf seine Mitteilung zurück, »die Lage ist die: Ich übergebe dir alles Material, das wir haben, in Kopie. Bis die Police Bern eine neue Ermittlungseinheit zusammengestellt hat, wird es ein paar Tage dauern. So viel Vorsprung hast du. Das war die gute Nachricht.«

»Und die schlechte?«

»Du bist vollständig auf dich allein gestellt. Kein Support von der Polizei. Einzig deine grauen Zellen sind gefragt.«

»Ich hole noch eine Flasche«, seufzte der Detektiv.

Im Büro der Detektei Müller & Himmel, die ja seit einigen Tagen ohne Himmel geführt wurde, schauten die beiden die Unterlagen durch.

»Pascale hat mir einen Bericht mit Aussagen aus der Schule mitgebracht. Ich habe sie aber noch nicht überprüfen können«, sagte Spring.

Darin stand: ›Schülerin eins: Ich hatte mich eben umgezogen, stand in Sportkleidung vor der Tür der

Turnhallengarderobe, als sie von außen aufgerissen wurde. Eine Frau rannte rein, so eine kleinere, mit dunklen Haaren. Sie schaute sich erschrocken um. Ich habe ihr Gesicht ganz kurz gesehen, sie aber nicht erkannt. Sie rannte quer durch die Garderobe und versteckte sich in der Dusche. Ein Mann, den ich auch nicht kannte (man sagte mir später, es sei der Lehrer Ullmann gewesen), verfolgte sie, blieb aber überrascht stehen, als er all die Mädchen in der Umkleidekabine sah. Er war verschreckt, ein Spinner, würde ich sagen, einer, der gerne jungen Frauen beim Umziehen zuschaut. Ich habe mich nicht weiter um ihn gekümmert, sondern bin raus in die Turnhalle, aber die Frau ist drin geblieben.

Schülerin zwei: Ich stand völlig nackt mit dem Rücken zur Tür, als ich hörte, wie diese aufgerissen wurde. Sie schlägt wieder zu. Ich höre ein Kreischen und drehe mich um. Da steht doch der Ullmann, klar habe ich den gekannt, der unterrichtet Geschichte, hat beim Grübeln in Altertümern wohl vergessen, wie eine Frau aussieht. Jedenfalls hat er mich minutenlang angestarrt, mir war es schon ganz peinlich, ich habe vor Schreck nicht mal meinen Busen bedeckt. Seither gehe ich ihm aus dem Weg, nicht dass er noch auf andere Gedanken kommt. Jedenfalls, als er sich satt gesehen hat, ist er wieder abgehauen.

Nein, von einer Frau in der Dusche habe ich nichts bemerkt. Es ist schon Wahnsinn, wie weit sich die

Typen heute vorwagen, nicht mal mehr vor der Mädchengarderobe haben sie Respekt.

Ob ich den Vorfall gemeldet habe? Ich bin doch nicht prüde!

Schülerin drei: Ich war gerade dabei, mich auszuziehen, als ich sehe, wie die Tür aufgerissen wird, diese Frau in die Garderobe stürzt und geradewegs in der Dusche verschwindet. Ich habe mir ein T-Shirt auf die Brüste gepresst, weil das ja niemanden etwas angeht, wie ich aussehe. Und als dann noch dieser Lehrer reingetrampt ist …

Ob der die andern angeschaut hat? Ach was, der war doch klar hinter dieser Frau her, etwa eins sechzig, mit kurzen, gelockten, dunklen Haaren und irre schnell drauf. Also der Lehrer hat sich kurz im Raum umgeblickt, und als er die Frau nicht gleich gesehen hat, war es ihm eindeutig peinlich und er hat einen Rückzieher gemacht.‹

»Wer war diese Frau?«, fragte Müller.

»Das ist nicht bekannt.«

»Es ist überhaupt sehr wenig bekannt«, sagte der Detektiv. »Glaubst du, der Täter mordet weiter?«

»Oder die Täterin …«, sagte Spring, und man wusste nicht, meinte er es ernst, oder wollte er seinen Freund aufzuziehen.

»Du bringst mich auf eine Idee«, sagte Müller. »Nicole hat mir den Tonbandtext aus dem Archiv des Lehrers gegeben. Die Schüler haben ihn auf eine

CD überspielt. Ich höre sie mir morgen an, hoffentlich bringt sie mich weiter.«

»Vielleicht hat der Direktor ja recht. Es braucht einen Perspektivenwechsel. Du setzt dich entgegen der Fahrtrichtung ins Tram. Alle Leute starren dich an. Zumindest entsteht dieser Eindruck. Um nicht zurückzustarren, richtest du deine Aufmerksamkeit auf die hintere Scheibe. Das Gebäude, das eben noch den gesamten Hintergrund einnahm, wird mit dem davonfahrenden Tram zusehends kleiner, bis sich ein neues Muster ergibt. Man erkennt nun in der vorher beinahe einheitlich grauen Fassade drei beleuchtete Fenster. Je weiter man sich entfernt, desto dominanter wird das Licht, desto klarer das Muster. Genauso funktioniert eine Ermittlung. Man kann kaum vorwärts schauen. Der Blick richtet sich in eine unbekannte Vergangenheit. Umso wichtiger werden die erkennbaren Muster. Sie zu finden und bestimmten Personen zuzuordnen, ist nun deine Aufgabe. Prost!«

Offenbar stand die Türe offen, denn Baron Biber hatte Mathilda durchs Treppenhaus gejagt. Die gegenseitige Eifersucht hatte ins Katzenleben ein neues Muster gebracht. Sie übertrugen es auf die Teppiche, die im Gang lagen, und auf die Kissen. Nach ihrer irren Hatz krallten sie sich an den Beinen von Bernhard Spring und Heinrich Müller fest und schnurrten um die Wette.

DIENSTAG, 4.10.2011

Der schöne Tag mit mildem Wetter neigte sich seinem Ende zu, als Heinrich Müller in die Schachtel griff, die er von Nicole Himmel erhalten hatte. Die Geschichte, die Herbert Ullmann mit seiner Klasse gehört hatte, war auf die beigelegte CD überspielt worden. Der Detektiv wollte nun das Ende hören, in der Hoffnung, zu einer erhellenden Information zu gelangen.

›Die Kriegsgefangenschaft also. Es war erschreckend festzustellen, wie dieses rückwärtige Gebiet zugerichtet war, das die deutschen Truppen in der Ukraine zurückgelassen hatten. Wir zogen mit den russischen Einheiten durchs Land. Jedes Verpflegungsmagazin, das vorher von der deutschen Wehrmacht verwendet worden war, jede intakte Halle, alle Eisenbahngeleise waren zerstört. Das Militär hat sich aus den Kellern der Einheimischen bedient, ihnen das Wenige, das noch geblieben war, gestohlen und ein Land in Hungersnot zurückgelassen, zudem im Frühling, als noch nichts auf den Feldern wuchs. Hier also befanden wir uns in Kriegsgefangenschaft. Man hat uns alles weggenommen, selbst die Schuhe, denn die Einheimischen haben eine kolossale Wut auf uns gehabt. Nun musste man noch diese Parasiten durchfüttern!

Unser Ziel war ein Lazarett, in dem russische Soldaten gepflegt wurden, Verwundete, Kranke. Der zuständige Offizier hat uns gesagt, wir können zu essen bekommen, wir würden verpflegt wie die andern Soldaten, Suppe und Brot. Aber unsere Mägen waren derart kaputt, wir konnten das nicht mehr aufnehmen. Nach 14 Tagen sind von uns 27 Mann noch 15 übrig geblieben, die andern haben wir dort in Massengräbern in die Erde versenkt. Von diesen 15, die das Spital verlassen haben und in ein anderes Lager gebracht wurden, haben später noch zwei gelebt. Der andere war Alois Bauer. Der war ein paar Jahre älter als ich.

Man kann jedoch nicht die Russen, die Soldaten, die uns bewacht haben, nicht die Lagerverwaltung, nicht die Landbevölkerung verantwortlich machen, dass wir Hunger litten. Die Leute haben selbst gehungert, sie wussten auch nicht mehr, wo sie ihre Lebensmittel herbekommen sollten.

Ich kam im Sommer 1944 in weitere Lager, man hat mich noch brauchen können und mich festgehalten. Im Herbst gelangten wir nach Uman bei Winnyzja. Die Stadt war im Frühjahr von den Sowjets zurückerobert worden, und unmittelbar danach hat man am Stadtrand das NKWD-Sammellager Nr. 33 für Kriegsgefangene errichtet. Es liegt in einer hügeligen Gegend in der Ukraine.

Als man gemerkt hat, dass ich einer der wenigen war, die etwas von Autos verstanden, hat man mich als

Autoelektriker der Garage zugeteilt. Die lag im Außenbezirk des Lagers, im selben Gebäude wie die Bäckerei, so kam ich zu etwas Zusatzverpflegung. Irgendwie gelang es mir immer, zu ein paar Rubeln zu kommen, und obwohl Kontakte zur Zivilbevölkerung verboten waren, konnte ich einer Frau, die regelmäßig am Zaun erschien, Milch und sogar Kartoffeln abkaufen. Das waren Wundermittel.

Im Winter 1944, gegen das Jahresende, kamen etwa 2.000 Mann aus den Kohlegruben von Stalino. Unser Lager galt inzwischen als Erholungslager, und so kamen die Kranken, Müden, Abgewrackten zu uns ins Lazarett, bis sie sich einigermaßen erholt hatten, wenn sie nicht an dieser furchtbaren ansteckenden Darmerkrankung oder an Tuberkulose gestorben sind. Man muss den Einsatz der Leute in den Kohlegruben von Stalino verstehen. Die zurückziehenden deutschen Truppen haben die Schächte unter Wasser gesetzt, vorher aber jene Bevölkerungsteile in die Grube geschickt, von denen sie geglaubt haben, dass sie irgendwie für die Niederlage der Deutschen mitverantwortlich seien. Die sind dann alle dort unten versoffen. Eine furchtbare Maßnahme. Das können sich nur die ärgsten Militaristen ausdenken! Unsere Kriegsgefangenen mussten dann mithelfen, das Wasser aus den Schächten zu pumpen, die Leichen zu entfernen und die Kohlegruben so herzurichten, dass man wieder fördern konnte. Es gibt dort ein sehr gutes Anthrazit. Die Leute haben die Tage unten im Schacht verbracht und sind nie ans Tageslicht gekommen. Sie haben nie die Sonne gesehen, bis sie nach Uman verfrachtet worden sind.‹

Es entstand eine lange Pause, bevor Ernst Thide weiter erzählte: ›Die Lagerverwaltung hat uns über die weiteren Kriegsgeschehnisse informiert, wir haben von der Landung der Amerikaner in der Normandie gehört, vom Rückzug der Deutschen aus Frankreich und schließlich vom Ende des Kriegs. Wir wussten nicht, ob wir uns richtig freuen konnten oder nicht, denn es war nicht klar, wie es weitergehen würde. Je nachdem, wie belastbar einer war, ob er körperlich und geistig ansprechbar war, ob er krank war, Hunger litt ... wenn man keine Kraft mehr hatte, langt das meistens nicht einmal, um sich über etwas freuen zu können. Dann ist man einfach wie betäubt.

Damals habe ich auch Alois Bauer aus den Augen verloren, worüber ich nicht unglücklich war. Ich hatte aus verschiedenen Bemerkungen heraus erfahren, dass er bei der SS gewesen war, und auf derartige Begleitung konnte ich gut verzichten, auch wenn wir vieles gemeinsam durchgemacht hatten. Ich habe später in Kiew gehört, dass sich Bauer zum Gruppenchef hochgeboxt und seine Leute so sehr ausgepeitscht hat, dass einige mehr gestorben sind, als es üblicherweise der Fall war. Damit hat er sich bei den Sowjets einschmeicheln wollen, was ihm offenbar nicht recht gelungen ist. Denen waren die Kriegsgefangenen inzwischen nämlich immer unangenehmer. Sie hätten sie am liebsten alle draußen gehabt.

Zu meiner Entlassung kam es im September 1949. Anlässlich einer Zählung der Lagerinsassen wurde wieder einmal eine Liste mit den Namen derer aufgerufen, die nach Hause geschickt wurden. Und da war mein Name dabei. In einem Übergangslager habe ich Alois Bauer wiedergesehen. Er schien ziemlich ungebrochen. Er hat mir gedroht, er würde mich umbringen, wenn ich jemals etwas von seiner SS-Vergangenheit verlauten lasse. Ich habe mich gehütet, irgendetwas zu sagen. Es ist Bauer dann auch gelungen, die sogenannte ›Vogelschau‹ zu umgehen, mit der ehemalige SS-Angehörige enttarnt werden sollten. Sie trugen als Erkennungszeichen an der Innenseite des linken Oberarms eine Tätowierung ihrer Blutgruppe. Es haben ja einige versucht, dieses Zeichen mit einem Dolch aus der Haut zu kratzen.

In einem amerikanischen Empfangslager bin ich zu den Ereignissen in der Sowjetunion ausgefragt worden. Es herrschte bereits der Beginn des Kalten Krieges, und man wollte möglichst viele Informationen aus den heimkehrenden Kriegsgefangenen herausholen. So kam ich verspätet in Frankfurt an. Die Reden waren schon vorbei, eine Musikkapelle soll dagewesen sein, in der Bahnhofshalle hing noch das Begrüßungstransparent. Auf dem Bahnsteig, am Ende der Sperre, standen meine Mutter und meine Schwester, die mich erst auf den zweiten Blick erkannt haben. Mein Vater erwartete uns zu Hause. Ich hatte größte Mühe, zu neuen Papieren zu kommen, denn der zuständige Beamte hat mich wegen meines leichten Akzents – ich hatte ja in den letzten Jahren vorwiegend Russisch gesprochen – als Lügner bezeichnet, der sich einen deutschen Pass erschwindeln wolle. Erst mithilfe meiner Eltern konnte ich nachweisen, dass ich in Frankfurt geboren war.

Auch aus diesem Grund hatte ich mit diesem Land nichts mehr zu schaffen. Und so ergriff ich die erste Gelegenheit, in die Schweiz auszuwandern. Aber das Schicksal lässt einen nicht los. In Bern habe ich Alois Bauer wiedergesehen. Nicht den Schlimmsten der Schergen, aber doch einen, der – wie ich inzwischen wusste – Menschen verletzt hat, körperlich wie geistig. Wie viele Männer er auf dem Gewissen hat, weiß ich nicht, aber es dürften einige sein. Ich habe ihn auf der Straße erkannt, und obwohl die Ähnlichkeit auf den ersten Blick nicht ausgeprägt war – Bauer ist dicker geworden, das Gesicht weicher und beinahe väterlich –, so war doch noch jener Ausdruck drin, den alle Gezeichneten des Kriegs mit sich tragen: eine Gehetztheit der Gedanken und der Gesten, eine ständige Unruhe und die Unsicherheit, ob man jemals von den Ereignissen loskommen würde.‹

MITTWOCH, 5.10.2011

Gestern hatte Heinrich Müller Schwarzwurzeln gedämpft. Es wurde ihm erst später bewusst, dass in seinem Gärtank über Nacht so viel Methangas produziert wurde, dass er als Klimarisikofaktor durchgegangen wäre. Irgendwann gegen Morgen hatte sich das Rumpeln in seinem Darm beruhigt.

Im Bauch & Kopf saß Annika Imhasly vor einem Nachmittagskaffee. Heinrich setzte sich zu ihr. Das ersparte ihm eine förmliche Bitte um ein Gespräch. Auf dem Bildschirm beschwor Bob Marley seine ›Rastaman Vibration‹. Die ausgesprochen entspannte Stimmung brachte unseren Detektiv zu tief schürfenden Feststellungen über die Welt: »Das Grundproblem der heutigen Zeit lässt sich wie folgt beschreiben:

- Jeder will dieselben Rechte haben wie alle andern.

- Jeder will immer das tun, was ihm gerade beliebt.

- Keiner will die Verantwortung für seine Taten übernehmen.

Also ist immer jemand anderes schuld, wenn man etwas getan hat, das man deshalb getan hat, weil es einem vermeintlich zusteht. Das wird mit absurden Vergleichen untermauert. Wenn ein Autofahrer falsch parkiert, beschuldigt er die kontrollierende Polizei, sie unternehme nichts gegen den Drogenhandel. Als ob das eine mit dem andern etwas zu tun hätte. Daraus folgt ein bürokratischer Wahnsinn, weil man aus Angst vor juristischen Problemen und Rekursen jede Maßnahme akribisch und beweisfähig dokumentieren muss.«

»Es gab mal so etwas wie gesunden Menschenverstand«, sagte Annika.

»Dazu kommt, dass sich die meisten Menschen nur für Theorien interessieren, die ihr Verhalten bestätigen oder verstärken. Wenn es um sie selbst geht, reden sie die Wirklichkeit schön.«

»Oder sich selbst«, konterte Annika, »sie sollten öfter mal in den Spiegel schauen.«

»Wir haben im Lauf der Evolution – so sagt es wenigstens die neueste Forschung – Strategien entwickelt, die Selbstüberschätzung zu fördern, bis hin zur mehr oder weniger bewussten Lüge. Das begegnet einem bei jedem Straftäter, je intelligenter er ist, desto begabter im Verdrehen der Wahrheit.«

»Wie meinen Sie das?«, wollte sie wissen.

»Ich bin mit den Morden der letzten Tage beschäftigt. Da stelle ich mir die Frage, wie weit es dem Täter gelingt, was er getan hat, als eine notwendige Handlung zu verstehen, die nötig war, um sich selbst oder gar die Menschheit zu schützen. In diesem Sinne könnte jeder der Täter sein.«

»Einen Augenblick!«, reagierte Annika. »Sie verwechseln da etwas. *Sie* können sich offensichtlich vorstellen, dass sich jemand für ein Verbrechen solche Ausreden zurechtlegt. *Ich* kann es nicht. *Sie* sehen aus ›déformation professionelle‹ in jedem Menschen einen Täter. *Ich* hege keine solchen Gedanken.«

Heinrich bestellte zwei Gran Classico Bitter, denn der Nachmittag war schon leicht fortgeschritten.

Louise warf ihm einen warnenden Blick zu, den der Detektiv nicht zur Kenntnis nehmen wollte.

Bald waren Annika und Heinrich beim Du. Schließlich schlug sie einen Spaziergang an die Brunngasse vor.

Annikas Wohnung lag schattseitig gegen die Aare mit Blick auf die Schütte. Kein übermäßig begeisternder Ausblick und darüber hinaus nebelgefährdet, aber immerhin im Zentrum der Altstadt. Das Haus war vor 20 Jahren renoviert worden. Man hatte die Bausubstanz erhalten, die schweren Deckenbalken von der Farbe früherer Jahre befreit. Die Dielen knarrten, als der Detektiv zum Fenster trat.

»Teuer?«, fragte er.

»Nicht, wenn man sie vor ein paar Jahren kaufen konnte«, erklärte Annika.

»Heute wahrscheinlich unbezahlbar«, schloss Heinrich.

»Wie du sagst. Es ging mir finanziell auch schon besser«, meinte sie. »Lassen wir das. Es ist eine lange Geschichte.«

»Ich liebe lange Geschichten«, erwiderte Heinrich und ließ sich wie für die Märchenstunde in den Ledersessel an der Wand fallen. Die Hosen knirschten vernehmlich. »Wie weit hat es die Menschheit gebracht«, seufzte Müller. »Zwei Drittel des Lebens passen die Kleider nicht: zu eng, zu weit, es kneift, es beißt, es kratzt. Im restlichen Drittel passt der Körper nicht: zu jung, zu alt, er schmerzt, er fiebert, er lahmt. Nun kommt es noch schlimmer. Jetzt passen meine Gedanken nicht! Man müsste einmal aufwachen und ein ganz anderer Mensch sein. Das gleiche Gehirn in einem unbekannten Körper.«

»Das würde dich aber ziemlich verunsichern …«, sagte Annika.

»Na ja. Vielleicht sollte man wissen, dass man sich am Ende des Tages für die eine oder andere Existenz entscheiden kann.«

»Plötzlich mit vier Kindern in einem Voralpenbauernhof?«

»Oder als Physiker am CERN.«

»Hör auf. Das ist wie bei Rückführungen in frühere Leben. Alle waren mal Königinnen und Prinzen, niemand Sklavin oder Aussätziger.«

»Wie hast *du* denn angefangen?«, wollte der Detektiv wissen.

»Klein, ganz klein.« Annika lachte ihn aus. »Ich bin am Brienzersee aufgewachsen. Meine Großeltern sind nach dem Krieg aus Deutschland in die Schweiz eingewandert. Meine Eltern sind in den frühen Fünfzigerjahren geboren. Ich selber bin 1976 auf die Welt gekommen. Wohl behütet.«

Annika stand auf und legte eine CD ein. Es klangen schaurig-schöne Melodien von Nick Cave aus den Lautsprechern, seine ›Murder Ballads‹. Am meisten Verzweiflung verströmte ›Death Is Not The End‹. Die melancholische Stille legte sich über das Wohnzimmer. Sie wurde erst durchbrochen, als Annika ein paar Sätze aus Erwin Strittmatter vorlas, dessen Buch ›Lebenszeit‹ herumlag: »›Eva kam aus dem Wald und erzählte: Der Mond war schmal wie ein Sichelblatt. Der Himmel hing tief und war rot geloht. Wildenten flogen im Keil unterm Mond; am Luchrand blauten die Tannen im Tau … Der Sichelmond und der Himmel in Rot, der Entenkeil über Tannen und Tau – vier *Deshalbs*, die ich entgegensetze, wenn sich das Leben mir widrig zeigt, wenn die *Wozus* und *Warums* mich plagen.‹«

Dann erzählte sie ihre Lebensgeschichte.

»Wenn mich meine Erinnerung nicht täuscht, habe ich genau gestern vor 17 Jahren meine erste große Liebe kennengelernt. Mit 18. Ich war halt schon immer eine Spätzünderin. Um 19 Uhr haben wir uns vor der Schulhaustür den ersten Zungenkuss gegeben, eine schleimige und eklige Angelegenheit, von der ich dennoch nicht genug bekommen konnte. Irgendwann gewöhnt man sich an alles, und letztlich machte es Spaß. Die Beziehung hat trotzdem nicht lange gehalten.« Sie sagte es mit Bedauern in der Stimme. »Dann wollte ich in den diplomatischen Dienst, kam aber nicht über die ersten Prüfungen hinaus. Irgendwas in meiner Vergangenheit stimmte beim Sicherheitscheck nicht. Man hat mir allerdings nicht gesagt, was es ist. Denn die Vergangenheit, das war in unserer Familie ein Tabuthema. Nach Großvaters Tod war plötzlich viel Geld vorhanden, nachdem wir jahrelang nur knapp über die Runden gekommen sind.«

Heinrich traf der Blick aus ihren rehbraunen Augen, und es war ein Blick, der den abgefeimtesten Inquisitor hätte schmelzen lassen, falls er sich überhaupt in die Nähe dieser Hexe getraut hätte. Müller jedoch wusste Bescheid über Hexen.

»Der Gedanke an die Fremde ließ mich nie los«, fuhr sie weiter. »Ich habe mich also bei verschiedenen Hilfsorganisationen um eine Anstellung beworben, bin auch in ein paar brenzligen Situationen zum Einsatz gekommen. Aber meistens wurde ich nur ausgenutzt, durfte für wenig bis gar nichts arbeiten. Nicht immer sind die Einsätze auf den ersten Blick sinnvoll, da hört irgendwann der Altruismus auf. So bin ich denn in die Schweiz zurückgekommen, habe mich in Bern festgesetzt und das Bauch & Kopf kennengelernt. Und dich!«

Ein Zungenkuss war wirklich eine schleimige Angelegenheit, aber keinesfalls eine eklige. Müller konnte nicht genug bekommen. Annika schien allem zuzu-

stimmen, also machte er mit den Händen weiter. Ihre kräftigen Oberschenkel leisteten keinen Widerstand …*
Man hätte von der Szene gerne eine Großaufnahme in Zeitlupe gedreht. Jedenfalls musste sich Heinrich mit einem Eiswürfel etwas abkühlen, während das heruntertropfende Wasser Annikas Erregung anheizte.

Als Heinrich Müller erwachte, stand die Sonne schon hoch über der Stadt und blendete ihn, bis er sich in dem fremden Bett umdrehte. Der Blick auf die schlafende Annika blendete ihn noch mehr, derjenige auf seine Uhr deutete an, dass es höchste Zeit für weitere Ermittlungen wurde. Er stand also auf, dehnte sich in einem Körper, den er in dieser Nacht wieder mal auf eine befriedigende Art gespürt hatte, und zog sich leise an. Er schrieb eine rasche Notiz auf einen herumliegenden Zettel und wollte eben die Tür hinter sich zuziehen, als er seinen Namen hörte.

Annika saß halb aufgerichtet im Bett, streckte ihm einen Dokumentenmappe entgegen und sagte: »Lies das!«

* Die Auslassungspunkte stehen für Vorgänge möglicherweise aufreizender Art, deren genaue Schilderung in der Öffentlichkeit mehr Aufsehen erregt als das minutiöse Darstellen einzelnen, seriellen oder massenhaften Mordens.

DONNERSTAG, 6.10.2011

Heinrich Müller war immer noch erschüttert von dem, was er am Vorabend gehört hatte. Aber langsam nahm das Puzzle Gestalt an. Alois Bauer war der Schlüssel zum Verständnis der ganzen Angelegenheit. In Springs Unterlagen musste das Schreiben des Anwalts Manfred von Scheffel zu finden sein, das weitere Rückschlüsse erlauben könnte. Gleichzeitig wurden seine beschränkten Befugnisse deutlich sichtbar, denn ein Anwalt würde einem Privatdetektiv auf keinen Fall Auskunft über seinen Klienten geben, und die Polizei konnte er nicht mehr um Hilfe bitten. Er müsste Beweise für die Tathergänge liefern, damit er ein Recht auf Akteneinsicht erzwingen konnte. Das dauerte seine Zeit.

Zuerst wollte er es bei zwei Personen direkt probieren: Markus Schaad und Annika Imhasly. Schaad hatte sich in der Schule krankgemeldet, also hoffte Müller, ihn zu Hause anzutreffen Er wohnte in der unteren Lorraine. Seine Eltern hatten ihm eine Studiowohnung am Randweg gemietet, mit direktem Blick auf den Bahnviadukt. Billig und lärmig. Er könnte den Zugreisenden die Hand schütteln. Müller ging zu Fuß. Von seinem Büro im Breitenrain brauchte er knapp zehn Minuten, bis er in der Eingangshalle des Gebäudes stand und im Dämmerlicht die Klingel zu Schaads Apartment suchte.

Die Wohnungstür öffnete ein schlaksiger Kerl mit Rastalocken und schokoladeverschmierten Mundwinkeln. Im Hintergrund lief ein vergessenes Konzert von Jimi Hendrix, das jemand 1969 in Stockholm mitgeschnitten hatte und das nun auf YouTube zu sehen war. Das kam Müller verdächtig vor, denn moderne Männer in diesem Alter bereicherten ihre Erfahrung bei YouPorn, nicht mit Gitarrenhelden aus der Steinzeit der Pop- und Rockmusik. Es machte Markus Schaad plötzlich sympathisch.

Unübersehbar war jedoch die Angst, die das Auftauchen des Detektivs bei ihm auslöste, eine Beklemmung, die ihn zum Stottern brachte. Trotzdem bat er Heinrich in seine Einzimmerwohnung, deren Fenster geöffnet war. Jedes Mal, wenn ein Zug vorbeifuhr, verstand man sein eigenes Wort nicht mehr, und es fuhr eigentlich ständig ein Zug vorbei.

»Es bessert ein wenig, wenn der Halbstundentakt vorbei ist. Dann hat man Pause. Ich schließe das Fenster, aber man bekommt halt bald keine Luft mehr.«

»Sie wissen, weshalb ich hier bin?«, fragte der Detektiv.

»Nein.«

Schaad leckte sich die Lippen sauber und bot Müller eine angebrochene Tafel ›Krachnuss‹ an. Heinrich lehnte ab.

»Die Geschichte mit Philipp Wüthrich?«, versuchte er den Kontakt aufzubauen.

»Was habe ich damit zu tun?«

Schaad schlackerte mit den Beinen und musste zur Toilette.

Müller hörte ›All Along The Watchtower‹.

»Sie kennen doch den Zuckerbäcker?«

»Ja. Schon. Aber nur flüchtig.«

»Und Sie kennen Bérénice Moser?«

»Ja. Sie geht in dieselbe Klasse wie ich.«

»Wie schätzen Sie den Tod von Wüthrich ein?«

»Keine Ahnung. Ein einsamer Mann.«

Schaad zupfte an seinem T-Shirt und musste zur Toilette.

Müller hörte ›Foxy Lady‹.

»Alle sagen, er habe Selbstmord begangen.«

»Wenn das alle sagen …«

»Sie waren nicht zufällig vor Ort?«, wollte Müller wissen.

»Nein. Haben Sie denn Spuren gefunden?«

So kam er nicht weiter. »Wieso sollte ein junger Mann Selbstmord begehen?«

»Weshalb soll ich das wissen!«

»Weil Sie selber jung sind und sich eventuell in ihn hineinversetzen können.«

»Wenn Sie meinen. Vielleicht hat er den Banker umgebracht und keinen Ausweg mehr gesehen.«

Schaad drückte die Pausentaste auf dem Laptop und musste zur Toilette.

Müller schnappte seinen Stick und schloss ihn am PC

an. Es reichte knapp, um die auf dem Desktop befindlichen Dokumentenordner zu kopieren.

»Reden wir über Bérénice.«

»Was soll ich zu ihr sagen? Ich mag sie.«

»Wie sehr mögen Sie das Mädchen?«

»Das geht Sie nichts an.«

»Möchten Sie lieber von der Polizei im Waisenhaus verhört werden?«

»Vielleicht möchte ich das.«

»Das haben Sie aus einer Fernsehserie. In Wirklichkeit wollen Sie das nicht erleben.«

»Und Sie wollen mich davor bewahren?« Schaad lachte.

Müller probierte es mit einer letzten Finte: »Sie haben sich mit Bérénice Moser im Botanischen Garten getroffen. Warum?«

Er hatte ins Schwarze getroffen, denn Markus wurde bleich.

»Woher wissen Sie davon? Hat es Bérénice erzählt? Das war doch nur, weil ich Angst um sie hatte. Sie hatte sich mit den falschen Leuten eingelassen, und ich wollte sie davor schützen. Das kann man mir doch nicht vorwerfen ...«

»Das hängt davon ab, wie weit Ihre Schutzmaßnahmen gegangen sind. Jedenfalls danke für Ihre ausführlichen Auskünfte.«

»Und außerdem war es Liebe!«, warf Markus Schaad trotzig ein.

»Ich erzähle Ihnen eine kurze Geschichte«, begann Müller väterlich. »Als Knabe war ich fasziniert von einem Bild, das den Titel trug: ›Der Sturz des Ikarus‹. Wahrscheinlich war es die Version von Pieter Breughel, ich weiß es nicht mehr ganz genau. Von Ikarus jedenfalls waren nur noch die Beine zu sehen, der Oberkörper befand sich bereits unter Wasser. Ich fragte meinen Vater nach der Bedeutung dieses Sturzes. Da ich als Seebueb bereits ein Schwimmbrevet hatte, konnte ich mir nicht vorstellen, dass man im Meer untergehen konnte. Mein Vater erklärte mir dann, Ikarus sei trotz der Warnungen seines Vaters Dädalus mit selbst gebastelten Schwingen immer höher und höher gestiegen, bis er der Sonne zu nahe gekommen war. Dann schmolz das Wachs, das die Flügel an seinem Körper festmachte, sie lösten sich, Ikarus stürzte ins Meer und ertrank.«

»Ja. Und?«

»Sie kommen mir ein bisschen vor wie Ikarus. Das macht mir Angst.«

Als er zurück im Büro war, nahm sich Heinrich Müller die verschiedenen Dokumente vor. Zuerst wollte er wissen, was sich auf Schaads Laptop befand. Er kontrollierte alle Daten und fand einen unausgegorenen Aufsatz mit dem Titel ›Unrecht‹. Darin war die Rede von Raubgold aus den Kriegszeiten. Dann wurde über die Suche nach dem Bernsteinzimmer berichtet. Und schließlich ging es um die Verschwörungstheorien des

Naziregimes. Die verschiedenen Teile standen zusammenhanglos nebeneinander.

Ein verwirrter junger Mann, ging es dem Detektiv durch den Kopf. In ausweglosen Zuständen waren die Leute zu allem fähig.

Die andern Dokumente waren auf den ersten Blick uninteressant, bis auf eine Seite zum Thema ›Sokrates und der Schierlingsbecher‹, der zwar nicht wesentlich über einen Abdruck der Wikipedia-Seite hinausging. Dessen wichtigster Satz war, dass Gifte, die der Hinrichtung dienten, die Körper der Getöteten nicht veränderten und somit der Ästhetik genügten.

Mehr als ein Indiz war es nicht, denn bei Philipp Wüthrich ging es ja nicht um den Saft des Gefleckten Schierlings, sondern um Bittermandelöl. Müller fühlte sich wie beim Blind Date.

Außerdem erfuhr der Detektiv – nach einigen Anrufen auf Gemeindekanzleien – die Todesdaten der beiden Protagonisten des Erlebnisberichts, den er von Ullmanns Schülern erhalten hatte: Ernst Thide war bereits Mitte der Achtzigerjahre verstorben. Alois Bauer hatte man 2005 beerdigt. Bei beiden konnte man also eine direkte Beteiligung an den Ereignissen ausschließen. Zudem wies nichts auf einen unnatürlichen Tod hin.

Nun griff er zu Annika Imhaslys Dokumentenmappe. Sie war im Gegensatz zu den Unterlagen von Herbert Ullmann ungeordnet. Was von Anfang an ins Auge fiel, waren die Kopien von amtlichen Dokumenten. Annika war demnach die Tochter von Severine Imhasly aus dem Wallis und von Adolf Bauer, bei Geburt deutscher Staatsangehöriger, nach der Heirat Einbürgerung in Bern.

Die Enkelin von Alois Bauer! Müller wurde schwarz vor Augen. Wieso hatte sie ihm nichts davon gesagt? Weshalb wollte der Anwalt nicht mit dem Namen herausrücken? Und was weitaus schlimmer wog: Er hatte letzte Nacht mit einer Verdächtigen geschlafen! Müller schluckte leer. Das Schicksal meinte es nicht gut mit ihm. Oder war es seine eigene Dummheit, eine Blindheit, mit der er in letzter Zeit durchs Leben ging?

Hastig blätterte er weiter. Er fand eine Testamentsabschrift. Nach der erhielt Annika aus dem Vermögen des Alois Bauer einen Betrag von vier Millionen Franken. Genug, um die Wohnung in der Innenstadt zu kaufen und das restliche Geld so anzulegen, dass sie nie mehr arbeiten musste. Dann lagen Börsencharts von verschiedenen Firmen auf dem Tisch. So weit Müller erkennen konnte, keine einträglichen Geschäfte, sondern spekulative Anlagen mit hohem Risikopotenzial, Verlustscheine. Jedenfalls schien der Großteil des Geldes innert weniger Jahre verpufft zu sein.

Schließlich fand Müller eine Anzeige gegen Dionys Brand und eine Einladung zu einer Anhörung, die erst stattfinden sollte. Jemand hatte also nicht länger warten wollen. War es Annika? Oder gab es weitere Klienten, die von Brand gelinkt worden waren? Der Detektiv klammerte sich an seinen letzten Strohhalm, obwohl ihm längst klar war, dass es nur noch eine Erklärung geben konnte.

Völlig erschöpft sank Heinrich Müller aufs Sofa und war keines klaren Gedankens mehr mächtig. Beinahe blind war er in ihr Bett getappt, hatte in ihren Augen keinen Schimmer einer Schuld sehen wollen. Alle seine Warnsysteme hatten versagt. Plötzlich verstand er die Entscheidungen, die Nicole Himmel und Bernhard Spring getroffen hatten, er verstand sogar die Leichtsinnigkeit von Pascale Meyer und Cäsar Schauinsland, und Müller erkannte, dass er keinem etwas vorzuwerfen hatte.

FREITAG, 7.10.2011

»Ich hatte mir das Ganze viel einfacher vorgestellt.«

Annikas Haare leuchteten goldbraun, wie sie vor dem hellen Fenster stand. Sie wandte die Augen ab.

»Da erbt man überraschend viel Geld. Und dann? Ich wusste vage, dass der Ursprung des Vermögens nicht ganz sauber war. Aber wer fragt schon genau nach, wenn er vier Millionen geschenkt kriegt? In der Familie ist schließlich nie über die Vergangenheit geredet worden.«

»Dann kommt ein langweiliger Geschichtslehrer und will die Sache aufklären. Oder hat er dich erpresst?«

Das Du kam Müller deutlich schwerer über die Lippen.

»Er hat für sein Schweigen eine Gegenleistung verlangt.« Sie zögerte. »Er wollte mich heiraten.«

»Heiraten? Du weißt aber schon, dass das nun ziemlich unglaubwürdig klingt.«

Sie ging nicht auf Heinrichs Widerspruch ein.

»Er hätte sich zur Ruhe gesetzt und mit mir und von meinem Geld gelebt. Aber vom Geld war nun ja nicht mehr viel vorhanden.«

»Deshalb hast du ihn erstochen?«

»Das war der Grund für meine Flucht in die Mädchengarderobe. Du hast bestimmt davon gehört.«

Annika nahm einen Schluck vom Champagner, den sie zur Feier des Tages – wie sie gesagt hatte – angeboten hatte. Auf dem Glastisch lagen für jeden schön aufgereiht ein halbes Dutzend feinster Pralinen. Die Frau hatte ihn wieder überrascht. Der Perlwein prickelte auf den Geschmacksknospen.

»Ich habe ihn später angerufen und ihm angeboten, es vor der Hochzeit erst mal mit Sex zu probieren. Ihr Männer seid ja so vorhersehbar. Natürlich ist er zur Verabredung gekommen. Mitten in der Unterrichtszeit, in einen öffentlichen Park. Kein Sensorium für Gefahr.« Annika lachte aus tiefer Kehle.

Müller fröstelte.

Dann fuhr sie fort: »Die Garderobe war mein einziger Fehler, denn dort wurde ich von einem Phantom zu einer lebenden Person. Aber im eingeschlagenen Weg gab es kein Zurück.« Sie zögerte wiederum. »Das Messer hatte ich nun auch nicht mehr. Mir war bewusst, dass man nun zumindest den Lehrer und den Banker in Zusammenhang bringen würde.«

»So lange konnte der Schatten am Anfang gar nicht sein, dass er von einem zum andern gereicht hätte. Du hast ihn lebendig werden lassen.«

»Schatten?«, fragte sie.

»So etwas wie ein Code aus der Vergangenheit«, gab Müller zurück.

»Nächtelang habe ich überlegt, wie ich vier Millionen ausgeben sollte, damit es nicht auffällt. Es war ein

Ding der Unmöglichkeit. Irgendwann sind die Kleiderschränke voll, Essen und Trinken kann man auch nicht unbegrenzt, allein Reisen mag ich nicht.«

»Es war doch sauberes Geld, zumindest durch die Erbschaft legalisiert.«

»Es war schmutziges Geld«, Annika wurde heftig, »das weißt du so gut wie ich. Die Basis war gestohlenes Gut aus den Kriegs- und Vorkriegsjahren, Raubgold, konfisziertes Vermögen. Ich mag gar nicht dran denken. Das Geld musste weg!«

Heinrich wartete, bis sie sich wieder beruhigt hatte.

»Im Internet habe ich ein Angebot zur Finanzoptimierung gesehen.«

»Du traust in Geldsachen dem Internet?«

»Nein. Aber der Banker hat ja im Schwarzenburgischen gewohnt und bei einer seriösen Berner Bank gearbeitet. Das stand alles in seinem Portfolio.«

»Du warst in seiner Wohnung?«

»Erst nach seinem Tod. Ich musste die Daten sichern, schauen, ob nach all den spekulativen Anlagen noch etwas von meinem Vermögen übrig war.«

»Und?«

»Nein. Alles verzockt. Aber auf einem seiner Konten lagen noch ein paar Hunderttausend.«

»Die hast du auf die Cayman Islands transferiert.«

»Ja.«

»Woher hattest du das Passwort?«

»Du kennst dich nicht mal mit dem eigenen Geschlecht aus.« Annika seufzte.

»Wieder der Trick Sex gegen Information?«

»So ungefähr. Als Wiedergutmachung.«

»Beim Wildschweingehege?«

»In der Nähe. Oben im Wald. Nachdem ich die Verschlüsselung geknackt hatte, habe ich Dionys neckend an die Aare gelockt. Ich wollte ihn eigentlich ins Wasser stürzen. Aber ich hatte nicht so viel Kraft. Mit einem Stein, den ich in der Aare entsorgt habe, habe ich Brand niedergeschlagen. Dann habe ich ihm die Brust aufgeschlitzt. Als ich gesehen habe, was für eine blutige Angelegenheit das wird, habe ich den Mann ins Gehege gestoßen und die Arbeit den Wildschweinen überlassen. So viel zum Aztekenritual.«

»Und der Zuckerbäcker?«, wollte Müller wissen.

Annika lachte wieder laut und haltlos. »Damit habe ich nichts zu tun. Das sind Kinder. Außerdem ist Gift nicht meine Handschrift. Es ist so distanziert.«

»Diejenige von Markus Schaad also.«

»Lass Markus aus dem Spiel. Er ist mein Neffe. Beeinflussbar bis zur Bewusstlosigkeit.«

»Lisa Zurflüh?«

»Wusste zu viel. Aber letztlich genauso vorhersehbar wie ein Mann. Es genügte, sie anzurufen und zu einem Treffen beim Lorraine-Bad zu bestellen. Ich wollte ihr den Laptop ihres sogenannten Freundes überreichen.«

»Sie ist nicht misstrauisch geworden?«

»Ich habe einfach behauptet, ich sei eine Kollegin aus der Bank und wisse von den Manipulationen, aber ich käme nicht in die Konten rein, ich bräuchte ihre Hilfe, dann könnten wir uns das Vermögen teilen, jetzt da ihr Freund tot sei. Sie ist dann doch etwas zickig geworden, als ich ohne PC aufgetaucht bin. Sie war halt eher auf die äußeren Werte fokussiert.«

Annika schenkte beiden Champagner nach, kippte den Rest der Pralinen nun etwas unordentlich auf den Tisch, setzte sich aufs Kuhledersofa und fragte: »Wie geht es nun weiter?«

»Ich glaube, das weißt du. Die Polizei möchte die Details bestimmt gerne hören. Aber ich danke dir, dass du sie mir zuerst erzählt hast. Es ist mein letzter Fall. Ich hätte mir ein anderes Ende gewünscht.« Dann griff Heinrich Müller zum Handy.

Als er auf den gegenüberliegenden Hang blickte, sah er die Schokoladenkuh: eine rostige Metallkonstruktion aus den Fünfzigerjahren, weiße Buchstaben auf violettem Hintergrund, die den Namen der Chocolat Villars in der Form eines Herdentiers in die Landschaft zeichneten, von einem Nostalgiker in einen Garten nach Bern verpflanzt.

Er flieht die Welt, weil sie sich nicht nach ihm richten will.

Johann Wolfgang Goethe

SAMSTAG, 8.10.2011

Es hatte sich in Windeseile herumgesprochen, dass Heinrich Müller seinen Job als Detektiv an den Nagel hängen wollte. Niemand mochte so richtig daran glauben. Und so trafen sie sich im Bauch & Kopf, um den erfolgreichen Abschluss des letzten Falles zu feiern und um ihren Detektiv zum Weitermachen zu überreden. Wie auch immer dies im Verlauf des Abends zu bewerkstelligen wäre, nun waren sie erst einmal alle da und vielleicht zum letzten Mal beisammen.

Die Künstler unter der Leitung von F. K. Swiss kaprizierten sich in der Beschreibung unnützer Gegenstände, die es nicht mehr oder noch nicht gab: eine dreikantige Spitzfeile zum Öffnen von Venusmuscheln; ein durch die Luft sirrender Teppichklopfer, der manchmal auch auf dem Hintern eines Knaben niederging; das knirschende Drehen einer Kaffeemühle; das Wiehern der Brauereipferde; das eigentlich unhörbare Sirren der nanotechnischen, medizinischen Roboter in der eigenen Blutbahn; das Papstblut auf Tournee und die Entwicklungsmöglichkeiten moderner Reliquien. Sie wollten alle diese Errungenschaften zusammen mit ihren Werken in einem eigens gestalteten Museum ausstellen.

Auf dem Tisch in der Mitte des Raums lagen verschiedene Schokoladestückchen, in fingernagelgroße Plättchen geschnitten. Darum standen alle Anwesenden, die nun von Hans Tschirren instruiert wurden: »Vor euch liegen verschiedene Couverturen, also der Rohstoff, aus dem wir anschließend Pralinen herstellen wollen. Sie stammen aus unterschiedlicher Produktion.«

Andreas Bohnenblust und Ruth Huber brachten einen Korb voller Brote zum Fest. Nathalie und Housi schnitten einen vollreifen Käselaib von der Alp Dorchaux in mundgerechte Stücke. Vorerst richteten sich jedoch alle Augen auf den Confiseur.

»Wir achten bei der Degustation darauf, wie die Rohstoffe verarbeitet sind. Wir hören beim Brechen auf das Geräusch, das die Schokolade macht. Ist es eher ein angenehmes Knacken oder ein dumpfes Verbiegen? Achtet darauf, dass die Couverture nicht im Kühlschrank gelagert wird. Ideal ist eine Temperatur zwischen 15 und 18 Grad. An der Bruchkante kann man erkennen, ob sauber gearbeitet worden ist.«

Bielerseewein und Absinthe wurden ausgeschenkt. Es war nie zu spät für einen Drink unter Freunden. Die Melancholie des Abschieds hielt die Menschen voll im Griff.

Hans Tschirren fuhr weiter: »Im Geruch müsste ein volles, schokoladig süßliches Aroma zu erkennen sein. Wenn es muffig oder gar nach staubigem Keller riecht, ist etwas schief gelaufen. Genauso wenn es im Mund sandig oder leicht körnig zerbröselt, dann ist das Produkt zu kurz oder zu lang conchiert worden.«

Nicole bastelte einen Mythos rund um die Detektei Müller & Himmel, aber eigentlich bereitete sie sich auf eine Forschungsreise nach Feuerland vor. Baron Biber und Mathilda interessierten sich weniger für den südlichsten Süden Südamerikas, sondern eher für ein paar frische Mäuse, denn gefressen wird immer und überall. Später würde Heinrich für Baron Biber, den liebsten aller Kater, unter der Pergola ein Denkmal errichten: ein überdimensionales Katzenhalsband mit einer fortlaufenden Reihe von Zeichnungen, Beutetiere, Fundstücke aus dem Garten und immer wieder das tief blickende Katerauge.

»Im Kakao verstecken sich annähernd 600 Aromen. Etwa 25 Verbindungen sind in der Bohne vorhanden, entstehen beim Rösten oder während der Herstellung der Kakaomasse. Diese flüchtigen Verbindungen hat man isoliert. Als Einzelstoffe riechen sie nach Kartoffelchips, nach Schweiß, nach Gurken oder Honig, also nicht unbedingt nach dem, was man in einer Praline zu finden hofft.«

Die Versicherung, die mit ihren sporadischen Aufträgen Müllers Auskommen gesichert hatte, wurde an einen französischen Konzern verkauft.

Die Schülerinnen und Schüler kümmerten sich wieder um ihre Handys und um die Liebe.

»Legt jetzt die Täfelchen auf die Zunge. Sie sollten

langsam zerschmelzen. Wenn ihr ein Produkt ausgewählt habt, wenden wir uns noch der Oberfläche zu: Ist sie matt, glänzend oder hat sie gar einen Seidenglanz? Ist die Struktur rau, glatt oder fein? Sagt mir, mit welcher Couverture wir weiter arbeiten wollen.«

Bernhard Spring brachte eine Kragenbrosche in Form von Handschellen als Geschenk. Sogar Pascale und Cäsar hatten sich aus dem Spital auf den Weg gemacht, samt Krücken, Bandagen und dick aufgetragenen Heilsalben. Hätte er es vermocht, der Objektverbrennungskünstler hätte einen Pralinenregen vom Himmel fallen lassen.

Bald roch es im ganzen Haus nach schmelzender dunkler Schokolade. Tschirren goss sorgfältig feiße Nidle in die Masse. Der buttrige Geschmack machte Lust darauf, den Finger oder die ganze Hand in die geschmeidige, feincremige, schmierige Flüssigkeit zu stecken. In aufreibender Handarbeit wurde der Grundstoff gedreht und gewendet, bis die Farbe zu einem einheitlich glänzenden Dunkelbraun vermischt war.

»Sobald die Masse etwas fester geworden ist, formen wir sie von Hand zu baumnussgroßen Kugeln. Wer mag, wälzt sie in einem der zusätzlichen Aromen, die dort drüben bereit stehen: Puderzucker, Marc de Champagne oder Absinthe. Ihr könnt mit der Schokolade auch eine Pflaume, eine Haselnuss oder eine getrocknete Aprikose umhüllen. Dann ab in den Kühlschrank, bis die Pralinen fest geworden sind.«

Die Models des Bauernkalenders waren im New Beetle hergekommen, liebäugelten jedoch mit dem Verlust ihrer Unabhängigkeit und einem Familien-SUV von Toyota.

Es gab ein Festessen von allem, was die Detektei Müller & Himmel in den letzten Jahren degustiert hatte: Käse, Brot, Würste, Wasser, Wein, Schnaps und was sonst noch alles dazugehörte. Zum Dessert nahm Hans Tschirren die Erzeugnisse des heutigen Abends aus dem Kühlschrank. Die Pralinen platzten im Mund, schmolzen auf der Zunge, die eingesperrten Früchte knautschten zwischen den Zähnen. Und alle waren glücklich, sogar Pascale und Cäsar, die sich doch erst vor Kurzem geschworen hatten, die Finger von kugeligen Gegenständen zu lassen.

Und Louise blieb treu.

»In mir hast du einen, auf den kannst du nicht bauen«, sagte Heinrich Müller, als sie ihn umarmte und in Freudentränen ausbrach.

PERSONENVERZEICHNIS

Heinrich Müller: Privatdetektiv Detektei Müller & Himmel, Ex-Polizist, wohnt in Bern, Mitte 50, genannt Henry, Henri, Heiri; als Verkörperung seiner dunklen Seite: Henry Miller

Nicole Himmel: geht gegen die 30 zu, Anthropologin, arbeitet im Alpinen Museum Bern und in der Detektei Müller & Himmel; als Verkörperung ihrer dunklen Seite: Lucy

Louise Wyss: Um die 30, führt die Bar Bauch & Kopf

Baron Biber: der Kater von Heinrich Müller, heißt mit vollem Namen Baron Tartine Biber der Erste

Mathilda: die zugelaufene Katzendame

Bernhard Spring: Störfahnder der Berner Kantonspolizei, einer, der eingesetzt werden kann, wo es ihn braucht

Pascale Meyer: beherzte junge Polizistin in Springs Team

Dr. Augsburger: Rechtsmediziner, ein junger Mann ohne Eigenschaften

Cäsar Schauinsland: Objekt-Verbrennungskünstler, Freund von Pascale Meyer

Peter Hofer: Kontaktmann der Versicherung

Die Drei Grazien:
Melinda Käsbleich
Phoebe Helbling
Gwendolin Rauch

Andreas Bohnenblust: Bäcker

Ruth Huber: Geschäftsführerin der Bäckerei Bohnenblust

Dionys Brand: ein Banker mit undurchsichtigen Verbindungen

Philipp Wüthrich: ein nicht ausgefüllter Zuckerbäcker

Lisa Zurflüh: ein Opfer zu viel

Ernst Thide: Pseudonym des Mannes, der die Ereignisse im Zweiten Weltkrieg am eigenen Körper erlebt hat und dem ich diese Aufzeichnungen verdanke

Alois Bauer: ein alter Mann

Annika Imhasly: Enkelin und Rächerin

Markus Schaad: ihr Neffe

Bérénice Moser: seine Angebetete

Die weiteren Schülerinnen und Schüler:
Lisa Schild
Mirjam Stettler
Heidi Blum
Benjamin Broch
Lukas Emmenegger
Kevin Forrer
Ralf Schläfli

Herbert Ullmann: ein sendungsbewusster Lehrer

Hans Tschirren: Confiseur

Manfred von Scheffel: Notar

F. K. Swiss: eigentlich Franz Karl Schweizer, Objektkünstler

ÜBER DIE BISHERIGEN FÄLLE

Heinrich Müller war groß geworden mit Pausenmilch, Perry Rhodan hatte ihn sozialisiert, Dr. Sommer aufgeklärt. Er war mehrfach unglücklich verliebt zu finnischem Tango, den schmerzhaftesten Herzensverlust hingegen begleitete Eric Burdons ›House of the Rising Sun‹. Erste detektivische Ambitionen bewirkte Michelangelo Antonionis ›Blow Up‹, das Gymnasium beendete er mit Jimi Hendrix. Die Ausbildung zum Polizisten war überschattet vom Gegensatz zwischen Ländlern und chinesischer Revolution. Beim Austritt aus dem Polizeidienst unterstützte ihn die Entdeckung von Single Malt Whisky.

So lernt man den Detektiv der Detektei Aubois & Müller vor seinem ersten Einsatz in ›Salztränen‹ kennen. Die Arbeit als Polizist ist zu einengend für den Mann, der sich lieber seinen Hobbys widmet und ein bescheidenes Auskommen als Versicherungsdetektiv erarbeitet. Seinen ersten literarischen Auftrag erledigt Müller im Emmental, wo er nicht nur mit dem Käse Bekanntschaft macht, sondern auch mit Nicole Himmel, die ihm bei den Ermittlungen zur Seite steht. Henry Miller und Lucy heißt das ungleiche Paar, wenn es seine dunklen Seiten auslebt, und das ist ihm ein ständiges Bedürfnis. Nach dem Abschluss des Käsefalles gründen die beiden die Detektei Müller & Himmel.

Nun werden sie zu einer Künstler-Wurst-Party nach Ostermundigen an den Rand von Bern eingeladen, auf der zwei Menschen sterben. In diesem zweiten Fall namens ›Wursthimmel‹ geht es neben der Kriminalgeschichte selbstredend um das titelgebende Nahrungsmittel. Nicole und Heinrich arbeiten stärker mit Bernhard Spring, Störfahnder der Police Bern, und seiner Kollegin Pascale Meyer zusammen. Im Lauf der Ermittlungen lernt Heinrich Leonie Kaltenrieder kennen und verliebt sich in sie. Nach dem abgeschlossenen Fall beziehen Heinrich, Leonie und Nicole ein Haus im Berner Breitenrain, wo sie neben der Bar-Galerie Bauch & Kopf auch ihre Detektei betreiben.

›Feuerwasser‹ bringt die Konsolidierung der Zwangs- und Wahlverwandtschaften und eine engere Zusammenarbeit zwischen der Detektei Müller & Himmel und der Abteilung der Police Bern unter dem Störfahnder Bernhard Spring. Mit einem Stauseeprojekt im Justistal kommt Feuer ins Dorf Sigriswil, das mit keinem Wasser mehr gelöscht werden kann. Das Berner Oberland wird zum Schauplatz voralpiner Verbrechen, die nur unter verstärktem Einflößen von Lebenswasser gelöst und letztlich dem Vergessen anheim gegeben werden können. Heinrich Müller lernt nebenbei die Segnungen der hubschrauberbetriebenen Rettungsdienste kennen.

In ›Gnadenbrot‹ beteiligt sich das ganze Team um die Detektei Müller & Himmel an Filmaufnahmen für die nachgestellte Schlacht von Murten 1476, der entscheidenden Auseinandersetzung der Eidgenossen mit dem Heer der Burgunder unter Karl dem Kühnen. Als nach einem turbulenten Drehtag ein Toter auf dem Schlachtfeld zurückbleibt, kommt wieder Bewegung in das Quartett um Heinrich Müller, dessen aktuelle Auftragslage nicht gerade rosig ist. Ein gestohlener Wandteppich, beunruhigende Kornkreise und dunkle Geschichten aus der Zeit der Hexenverfolgungen geben den Ermittlern jedoch immer neue Rätsel auf.

›Mordswein‹ spielt vor allem in der lieblichen Reblandschaft am Bielersee, wo man einen Mann findet, der in einer Wolfsfalle zu Tode gekommen ist. Hat die Rebgüterzusammenlegung zu Exzessen geführt, oder steckt eine persönliche Abrechnung dahinter? Und was ist mit dem zweiten Toten, der auf der Terrasse des Centre Dürrenmatt in Neuchâtel erschossen wird? Beides sind Exponenten der Staatserhaltenden BürgerPartei SEBP. Ein literarischer Mord oder eine politische Fehde? Die Sippschaft um Heinrich Müller und Nicole Himmel ist gefordert. Es braucht viel vergorenen Traubensaft, bis sie der Lösung einen Schritt näher kommt. Leonie Kaltenrieder jedoch lernt die Gefahren von Brandstiftung kennen und zieht sich aus der Gemeinschaft zurück.

Weitere Krimis finden Sie auf den folgenden Seiten und im Internet: www.gmeiner-verlag.de

Paul Lascaux
Feuerwasser
978-3-8392-1011-6

»Ein starker Kriminalroman.«
Volkmar Joswig, Literaturkritiker

Im idyllischen Justistal im Berner Oberland prallen Gegensätze aufeinander: Die Eidgenössischen Kraftwerke planen dort den größten Stausee der Schweiz, ein einflussreicher Dorfbewohner möchte an gleicher Stelle einen riesigen, voralpinen Fun-Park errichten. Dann werden innerhalb kurzer Zeit die Verantwortlichen beider Projekte auf grausame Weise ermordet.

Die Berner Polizei steht zunächst vor einem Rätsel, ebenso wie das agile Detektivduo Heinrich Müller und Nicole Himmel. Doch dann kommen die Ermittlungen ins Rollen: Müller & Co stoßen auf geheimnisvolle Militärgebirgsfestungen aus dem Zweiten Weltkrieg, degustieren Wasser und Eau de Vie und begegnen Alpenbewohnern, die mehr wissen, als sie zugeben wollen …